창밖은 맑음

창밖은 맑음

이서유 소설집

차례

새차 명차

똥차

머리 위 푸른 바다
출렁이다 멈추는 파도

옥상 빨랫줄에 끝없이 널린 하얀 천이 바람에 날리는 순간 시가 떠올랐다. 시가 이렇게 자연스럽게 찾아오는구나 감탄하며 단아는 계속 이어 나갔다.

차마 너라고 부르지 못하는 당신을

단아는 설레고 긴장되는 마음을 애써 참았다. 너울거리는 천 너머 어딘가에 너라고 불리는 여고생이 있다. 시가 일상에 위로가 된다는 국어 선생님 말이 새삼 이해되었다. 하얀 천이 칸막이 역할을 하는 사이로 교복 입은 여학생의 윤곽이 보일

라치면 단아가 재빨리 움직여도 그림자는 금세 사라졌다. 앞을 가리는 천을 헤치고 여학생을 따라잡는 일이 생각처럼 쉽지 않았다.

웃으며 보내 드리겠습니다
당신 안녕

너무 설명적이지만 고치지 않았다. 여학생과 마주치면 꼭 하고 싶은 말이었다. 따가운 햇살에 눈이 부셔도 꼬리잡기 놀이를 그만두고 싶지 않았다. 종일이라도 할 자신이 있었다. 귀에 익은 멜로디가 울려 퍼졌다. 날마다 학교에서 듣는 수업 마침 종소리였다. 단아는 걸음을 멈추고 이내 울상이 되어 그대로 주저앉았다. 이대로 게임 오버? 영영 볼 수 없다는 말인가? 교복 입은 엄마 얼굴.

"야, 얼른 줘."

"어, 응?"

단아가 고개를 들고 일어나 앉자 옆에 서 있던 친구가 단아 팔에 붙은 답안지를 떼어 들고는 앞으로 나갔다. 단아는 얼룩진 입가를 손등으로 닦으며 주위를 둘러보았다. 옆줄의 3학년 남자 선배들이 답을 맞추어 본다고 시끄러웠다. 한 줄 건너에 있는 반 친구들도 서로 시험지를 들여다보며 정신없었다. 순간 단아 눈에서 불꽃이 일어나면서 가슴이 조여 왔다. 헉, 걷잡을 수 없는 눈물이 쏟아져 그대로 엎어졌다. 아리송한 문제가 많아 고민한다고 엎드린 게 그만 취침 모드가 될 줄이야. 꿈에서라도 좀 깨워 주지, 시험 감독관 선생님은 왜? 학부모 도우미는 뭘 한 거지?

단아는 모든 게 원망스러웠다. 답안지에 빨간 펜으로 체크하고 까맣게 칠하지 못한 게 몇 개였는지 그마저 생각나지 않았다. 생각보다 훌쩍이는 소리가 컸는지 앞뒤 친구들이 어깨를 토닥여 주었다. 단아는 이제 다른 이유로 얼굴을 들 수 없었다. 종소리가 울리고 난 뒤에도 엎드린 채 몸을 부르르 떨었다. 2교시 시험 과목이 떠오르지 않았다. 시험 감독관이 들어와 인사할 때야 몸을 일으켰다. 퉁퉁 부은 눈을 하고 받아 든 시험지 위로 눈물이 뚝뚝 떨어졌다. 시험지가 무려 다섯 장, 영어 문장이 빈틈없이 빼곡했다. 창밖은 맑고 화창한데, 단아 마음은 장마철처럼 죽죽 비가 내렸다.

고모가 시험 잘 봤냐고 보낸 문자에 단아는 5초쯤 고민하다 스마일 이모티콘을 눌렀다. 은지와 세연이도 실내화 주머니를 툭툭 치며 시험 문제가 왜 그 모양이냐며 투덜거렸다. 친구들에게 들었는지 흘금 단아 눈치를 살폈다. 오늘 있었던 일을 잊고 싶은 마음에 단아는 친구들에게 제안했다.

"시험은 끝났고 너희들이 우울해하니 이 언니가 개꿀맛에서 한턱 쏜다!"

단아 말이 끝나기 무섭게 가느다란 남자 목소리가 들렸다.

"하이, 스쿨 베이비!"

순간 단아는 걸음을 멈추었다. 재빨리 목소리가 난 곳과 반대쪽으로 걸었다. 또다시 소리가 나기 전에 뛰었고, 보조를 맞추던 은지와 세연이 무슨 일이냐며 차례대로 물었다.

"왜? 무슨 일이야?"

"저 사람 알아?"

"스토커."

"스토커?"

친구들은 빠르게 걷던 걸음을 멈추고 남자를 쳐다보았다. 날씨에 어울리지 않게 가죽 재킷을 입고 둥글게 말아 하나로 묶은 머리, 선글라스 차림의 키 큰 남자가 단아를 따라잡는 데는 1분도 채 걸리지 않았다. 오토바이를 타고 와서는 가죽 장갑을 낀 커다란 손으로 단아의 팔목을 움켜잡자 은지와 세연이 소리를 질렀다. 단아는 남자의 손아귀를 떼 내려고 몸을 세게 흔들었지만 단발머리만 찰랑찰랑 움직였다. 까만 장갑이 껌딱지처럼 붙어서 쉽게 떨어지지 않았다. 남자가 입을 과장되게 비틀었다.

"스, 토, 커?"

남자의 입에서 나온 허키스한 목소리가 음산하게 들렸다. 세연이 숨을 몰아쉬더니 이내 따발총처럼 떠들었다.

"누군데 내 친구한테 함부로 해요? 경찰에 신고해요, 한다고요."

세연이 사진이 끝내주게 나온다는 휴대폰을 쳐들자 남자가 머리를 풀어 포즈를 취했다. 주변에서 구경하던 학생들이 일제히 함성을 질렀다. 허리까지 흘러내린 머리 스타일이 남자를 모델로 만들었다. 다리를 굽히면서 단아와 나란히 있는 모습을 찍으라고 신호까지 보냈다. 단아는 어이없어 고개를 돌렸다. 이 모든 상황을 반대쪽에서 은지가 숨죽여 동영상으로 찍었다.

단아는 친구들에게 분식집에 가 있으라고 했다. 남자는 능글맞게 웃으며 단아에게 헬멧을 건넸다. 단아는 그대로 서 있었다.

"안 타?"

남자 말에 은지와 세연이 따라가지 말라고 단아를 말렸다. 하교하는 학생들이 쏟아져 나와 단아는 얼른 헬멧을 받아 쓰고 친구들에게 말했다.

"금방 올게."

남자는 보도에서 내려서며 역주행하느라 요란하게 경적을 울렸다. 운전자들이 놀라 급정거를 하고 창문을 내리며 욕을 했다. 단아는 남자의 등에 몸을 숨겼다.

"아이 씨, 개쪽팔려."

"하이, 스쿨 베이비. 오, 마이 베이비!"

남자는 흥에 겨워 노래하듯 소리쳤고, 단아는 대꾸하지 않았다. 차들이 쌩쌩 달리는 도로 위에서 매연을 마시며 바락바락 소리칠 힘이 없었다. 제발 그렇게 부르지 말라고 몇천, 몇만 번 말했건만 들어주지 않으니 정말 노답이다. 친구들과 '개꿀맛'에서 김밥과 순대, 쫄면과 튀김을 먹으며 시험 스트레스를 날려 버리려 했는데 그마저도 도와주지 않고 이렇게 불쑥 나타나 단아와 친구들을 놀래킨다. 용돈을 팍팍 준다거나 선물을 왕창 안겨 주는 것과는 거리가 먼 이 사람. 답이 안 나오는 왕준오, 바로 단아의 아빠다. 단아는 아빠 등에서 몸을 떼고 투덜거렸다.

"옷이 이게 뭐야?"

"촬영 마치고 오느라, 삼촌 보고 싶었어?"

"볼 때마다 점점……."

"하이스쿨 베이비가 왜 이러실까?"

"오늘 무슨 날인지나 알아?"

"베이비랑 오빠 데이트하는 날?"

"말을 말자, 아!"

거칠게 말하는 단아와 달리 아빠는 오토바이 속도를 낮추며 단아가 매달려 있는 자기 등을 흔들면서 애교를 떨었다. 반

동으로 오토바이가 요동쳤다. 아빠 말투는 귀엽기는커녕 닭살이 오소소 일었다. 자기 편할 대로 삼촌이랬다 오빠랬다 그나마 동생이라 안 하는 게 어딘가 싶었다.

단아는 오토바이에 탄 걸 후회했다. 휙휙 바뀌는 풍경을 보고 있자니 집으로 돌아가 이불을 뒤집어쓰고 대성통곡하고 싶은 심정이었다. 공부한 보람도 없이 시험을 망쳤다. 혼자 끙끙대며 털어놓지 못한 속은 까맣게 타 버렸다. 하필이면 꿈에 엄마로 짐작되는 여학생까지 나와 가슴이 아팠다. 가슴 한가운데를 주먹으로 꽝 맞은 기분이었다. 그 여운이 끈적하게 들러붙었다. 친구들과 수다로 답답한 기분을 날려 버리려 했는데 아빠 때문에 그마저 망쳤다. 단아는 돌아가고 싶다. 친구들과 배를 채운 뒤 홍대 앞을 쏘다니고 싶었다. 옷을 사고, 양말을 고르며 망친 시험을 잊고 싶었다.

아빠가 오토바이 속도를 높이며 임진각 방향으로 핸들을 꺾는 순간, 휘청거리던 단아가 아빠의 허리를 꼭 붙잡았다.

"랜드 오브 피스, 오케이?"

뭐든 제멋대로인 아빠. 살아남으려면 꽉! 단아는 아빠 등에 매달린 채 소리쳤다.

"싫어, 가야 해. 친구들과 홍대 가기로 했다고."

단아 속도 모르는 아빠는 오토바이 속도를 더 올렸다. 지금 아빠가 노리는 건 단 하나, 단아가 아빠 옆구리를 꽉 붙잡는 것.

유치원 다닐 때나 환호하던 놀이공원이었다. 아빠와 단아 둘만의 추억이 있는 곳. 충무로에서 일하는 아빠가 한 달에 한 번 집에 와서 단아를 데리고 가는 데라고는 이삼십 분 거리에 있는 '평화랜드'가 전부였다. 단아는 뱅글뱅글 도는 도토리 컵에 앉아 구슬 아이스크림을 먹는 게 좋았다. 덜컹거리는 코끼리 열차에서 엄마, 아빠, 오빠, 동생이 나란히 앉은 가족을 신기하게 바라보았다. 공중에 떠 있는 레일 위의 오리 배를 굴리며 아래 세상을 내려다보는 건 용기가 필요했다. 어린 단아에게 평화랜드는 최고의 놀이공원이었다. 학교 소풍으로 롯데월드에 가기 전까지 말이다.

작동하는 것보다 수리 중인 놀이 기구가 더 많아 단아는 이곳에 몇 년 만에 오는지 손으로 헤아려 보다 포기했다. 바이킹이 끼이익, 끄으윽, 녹슨 쇠가 앓는 소리를 낼 때마다 기구에 탄 사람이나 그 곁을 지나는 사람은 귀를 막았다. 힘겹게 공중에 올랐다 내려가는 모습을 보고 있자니 전과 달리 겁이 났다. 오작동으로 안전 바가 풀려 공중에서 사람들이 떨어지는 상상만으로 심장이 오그라들었다. 놀이공원은 단아의 추억조차 녹물이 묻어나게 했다.

뮤직 스테이션은 무사히 작동하고 있었다. 천으로 된 지붕이 열렸다 닫히며 65도로 기울어진 원형 트레일러가 로큰롤에 맞춰 빙빙 돌았다. 엉덩이를 들썩이게 하는 기구 안에는 사람이 하나도 없었다. 단아가 기구 앞에서 친구들에게 문자를 보내며 손톱을 물어뜯었다. 피가 났다. 입으로 피를 빨아 바닥에 뱉고 있는데 여자가 다가왔다.

"괜찮아예? 목에서 피가 넘어와예?"

그냥 지나가지, 무슨 구경거리라고. 단아는 괜찮다며 입으로 손가락을 빨았다. 못 고치는 나쁜 버릇이다. 물어뜯고 킁킁 냄새 맡고 피를 보고야 마는.

"참, 이거? 바닥에 있었어예."

단아는 경상도 사투리를 애써 서울말처럼 천천히 늘여서 말하는 여자가 웃겼다. 놀이공원에서 파는 스프링이 달린 빨간색 하트 모양 집게 핀이 여자 손 위에 있었다. 단아는 고개를 흔들며 여자를 보았다. 길게 흘러내린 머리 위로 미니 마우스 머리띠가 살짝 얹혀 있고, 짙은 화장에 선명한 이목구비가 한 번 더 보게 만드는 예쁜 얼굴이었다. 거기다 단아의 시선을 잡아끄는 건 단연 여자가 입고 있는 교복이었다. 허리와 가슴 라인을 강조한 교복은 환상이었다. 나올 데는 나오고 들어갈 데는 쏙 들어간 몸매 때문인지 섹시미가 하늘을 찔렀다. 헐렁하게 교복을 입은 단아와 달리 금세라도 터질 것 같은 아슬아슬함이 여자의 블라우스와 짧은 치마에 고스란히 드러났다. 요즘 친구들 사이에서 유행하는 운동화까지 신고 있어 눈이 자연스레 그쪽으로 옮겨 갔다. 이번 시험을 잘 보면 고모에게 받기로 한 운동화였다. 이미 물 건너갔지만.

깍! 여자의 비명에 단아는 깜짝 놀라 고개를 들었다. 아빠가 바로 옆에 와 있었다.

“오, 차밍. 여긴 무슨 일이야?”

반갑게 인사하는 아빠에게 여자는 친구와 놀러 왔다고 했다. 아빠는 먹던 핫도그를 입에 쑤셔 넣으며 손에 든 새것을 여자에게 건넸다. 단아는 아빠를 째려보았다. 분명 단아 주려고 사 온 걸 여자에게 주더니, 그것도 모자라 넋을 놓고 바라보는 아빠가 한심했다. 여자가 아빠에게 여긴 무슨 일로 왔냐고 묻자 그제야 생각난 듯 단아를 가리키며 말했다.

“단아 중2, 내 도넛!”

도넛? 도터를 개그랍시고 도넛이라고 태연하게 말하는 아빠 앞에서 단아는 여자에게 대충 고개를 까딱해 보였다.

“이쪽은 쭉빵 3기 차민지 씨, 장차…….”

여자가 어깨를 치는 바람에 아빠는 말을 멈추고 동호회 후배라며 얼버무렸다. 단아는 쭉빵이라는 단어가 거슬려서 아빠를 올려다보며 물었다.

“클럽에서 만났어?”

여자가 단아에게 손을 내밀어 악수를 청했다.

“차밍이라고 해.”

요란하게 네일한 손톱이 눈에 들어옴과 동시에 불안한 기운이 단아를 스쳐 지나갔다. 단아가 악수에 응하지 않자 여자가 내민 손으로 아빠의 얼굴을 어루만졌다. 이거 또 낚인 거 아니야? 단아는 아빠를 보고, 아빠는 하늘 높이 올라가는 바이킹을 가리키며 여자와 웃었다.

아빠가 여자 친구를 소개하는 방식은 항상 똑같다. 보지 못한 사이 길이가 짧아진 단아의 머리는 생각하지 않고 머리핀을 써먹은 것부터 알아봤어야 했다. 단아는 동대문 쇼핑몰, 잠실 경기장, 가로수길에서 아빠의 여자 친구들을 만났다. 우연을 가장한 만남이었다.

미니 마우스 머리띠에 팝콘 상자를 들고 파주 촌 동네 놀이 공원에 할인을 받기 위해 교복까지 입고 나타난 여자가 아빠만큼 한심했다. 단아는 여자를 쳐다보며 굳은 얼굴로 물었다.

"같이 온 친구는 어디 있어요?"

"몸이 안 좋아서 갔어."

천연덕스럽게 대답하는 게 아빠와 판박이다. 단아 몫의 간식을 먹으면서 팝콘을 허공에 던져 입에 넣는 아빠가 뭐가 좋은지 계속 쳐다보며 웃는 여자. 유치해 눈 뜨고 더는 못 봐 주겠다 싶어 단아는 바이킹 쪽으로 발걸음을 옮기며 말했다.

"아빠, 내 핫도그하고 음료수는?"

바이킹을 탄 지 10초도 지나지 않아 여자가 요란하게 소리를 질렀다. 확실히 소리 지르는 데 일가견이 있는 여자라며 단아는 고개를 저었다. 바이킹 안에는 손님이 두엇 더 있었지만 아빠는 크게 손을 흔들어 기구를 멈춰 세웠다. 오래간만에 높은 곳의 공기 좀 마시려고 입을 한껏 벌린 단아는 허탈했다.

끼익, 끄윽, 녹슨 쇠에서 나는 소리와 냄새가 정겨웠다. 밑에서 볼 때와 달리 막상 타고 나니 고향 같은 정겨움이 되살아났다. 혼자서 신나게 타야지 하며 기구가 다시 움직이길 기다리는데 아빠가 단아에게 내려오라고 손짓했다. 끝까지 버티려고 했지만 조종실에 앉은 남자가 단아가 내리길 기다렸다.

투덕투덕 내려오니 아빠가 단아에게 물을 사 오라며 여자의 등을 토닥였다. 여자의 헛구역질이 멈추질 않았다. 타지도 못하는 걸 왜 타서 추한 모습을 보이나 싶은 생각이 들었다. 이미 친구들은 홍대로 떠났지만 단아는 남은 하루마저 망치고 싶지 않아 아빠에게 말했다.

"나 갈래."

"그래?"

태연하게 대꾸하는 아빠를 보니 머릿골이 띵 울렸다.

"뭐?"

"차밍은 지금 움직이면 안 돼."

"그럼 나는?"

"간다며, 가."

안 온다는 걸 억지로 데려와 놓고는 갈 때는 알아서 가라니 어이없었다. 친구들과 홍대 가는 것도 방해했으면서, 번번이 이런 식이다. 아빠가 이럴 때마다 단아는 한 번도 본 적 없는 엄마를 무한대로 이해했다. 물 좀 사 오라는 아빠 말을 등 뒤로 흘리며 기차역을 향해 달렸다.

"하이스쿨 베이비! 단아, 너……."

아빠가 로커처럼 절규해도 소용없다. 단아는 뒤돌아보지 않고 쌩하니 달렸다.

엄마는 단아를 낳고 떠났다. 단아를 낳다가 고통스럽게 세상을 떠났다거나 멀리 갔다거나 멋진 남자 만나 새 인생을 찾았다면 듣기라도 좋으련만. 할머니는 여학생이 어떻게 애를 키우겠나 싶어 그냥 놓고 가라고 했다며 퍽 잘한 일처럼 말했다. 단아는 그 말을 들을 때마다 자신이 물건처럼 생각되어 기분이 영 좋지 않았다.

단아가 생각하기에 엄마라는 사람도 참 우스웠다. 그냥 놓고 가라는 할머니 한 마디에 '준오 씨랑 헤어질 수 없어요. 우리 사랑은 누구도 막을 수 없다고요. 아이는 제가 잘 키울 자신 있어요'도 아니고, 순순히 단아를 내려놓고 단아가 우는데도 뒤돌아보지 않고 태연히 걸어가더라는 것이다. 엄마라는 여자가 말이다. 할머니 말이니 그러거나 말거나지만. 그래서 단아는 엄마 이름도, 생김새도 모른다. 단아에게 엄마는 뒤돌아서

서 교복 치맛자락 흔들며 사라진 열여덟 살 '여학생'으로 남았다. 그렇다고 아빠가 단아에게 '하이스쿨 베이비'라고 하는 건 어이없지 않은가.

아빠는 평화랜드에서 차밍이라는 여자를 토닥이듯이 엄마를 데리고 살 생각은 못 했을까? 예쁜 딸 낳았으니 잘 살아 보자는 다짐은 안 해 봤을까? 이런저런 생각을 하다 보면 아빠는 못난이 같다. 딸은 노모한테 맡긴 채 만날 여자나 만나면서 노는 것에 앞장서는 서른두 살 폭주족이 아빠다. 오토바이가 좋아 스쿠터 매장에서 일하며 사람 몰고 투어 다니고, 그러다 간간이 영화를 찍었다. 아빠가 주인공이라는 유명한 영화를 봐도 아빠 얼굴은 절대 나오지 않았다. 주인공이 추격하는 장면이나 공중 낙하하는 위험한 장면에서 보이는 아빠는 그야말로 점처럼 아주 작았다. 그래서인지 집에서도 아빠는 점 같다고 단아는 생각했다. 왕준오가 아니라 왕점이었다. 그나마 성 덕분에 왕점이었다.

할머니가 텔레비전을 끄고 막 잠자리에 들었을 때 아빠가 왔다. 손에 가방을 들고 있어 단아는 뜨끔했다. 기차역에 도착해서 가방을 두고 온 걸 알았지만 아빠가 보기 싫어 돌아가지 않았다. 할머니는 모처럼 집에 온 아빠 밥상을 차리느라 분주했다. 고모는 아빠를 불러 돈 이야기를 꺼냈다. 이자 좀 제때 갚으라며 직장 생활하는데 빚이 더 늘어나는 이유를 모르겠다고 목소리를 세웠다. 단아도 저금통에서 꺼내 간 돈 좀 갚으라고 말하려다 그만두었다. 아빠가 안돼 보였다. 고모는 아빠에게 더는 할머니한테 손 벌리지 말라며 잔소리를 했다.

아빠는 고모 말에 대충 고개만 끄덕이다 할머니가 부르는 소리에 냅다 마루로 나갔다. 언제 돈 독촉을 받았냐는 듯 맛있게 밥을 먹었다.

"차밍하고 안 먹었어? 그새 차였어?"

단아는 곧바로 입을 막았지만 이미 늦었다. 할머니가 바로 옆에 있다는 걸 깜박했다. 할머니의 길고 긴 심문이 시작되었고, 아빠는 밥을 넘기며 고개만 끄덕였다. 물로 입을 헹군 뒤에야 할머니에게 웃으며 말했다.

"엄마 아들 제대로 달려 볼게."

"그 정도야? 색시가 참해?"

단아는 고모 얼굴을 살폈다. 아빠가 연애할 때마다 고모의 스트레스 지수는 올라갔다. 그 불똥은 같은 방을 쓰는 단아에게 고스란히 반영되니 고모 눈치를 안 볼 수가 없다. 고모가 그다지 동요하지 않자 단아는 안심되었다.

일요일에 고모와 마트에 갔다. 고모가 속옷을 사 주었다. 단아는 러닝 브라만 입다 훅이 달린 브래지어를 처음으로 골랐다. 가슴이 커진 것 같아 기분이 묘했다. 얼마 전부터 가슴이 솟기 시작했는데 좋은 것도 잠시, 체육 시간에 뛰거나 움직일 때 가슴도 따라 움직이는 게 불편하다고 투덜거렸더니 고모가 기억하고 있었다. 가슴이 뭉치는 느낌도, 주먹보다 크게 만져지는 것도 그다지 유쾌하지 않은데 친구들 말로는 그러다 볼록 나온다고 했다. 단아는 요즘 인체의 신비를 몸소 겪고 있다. 곰돌이 캐릭터가 그려진 브래지어가 유치해 보였지만 단아 가슴에 맞는 건 그것밖에 없었다. 고모가 다음에는 레이스로 장식된 것을 사 주겠다고 했다. 단아는 입이 간지러웠다. 속옷보다는 운동화나 사 주면 좋을 텐데, 웅얼거리는데 고모가 불쑥 말을 꺼냈다.

"아빠 여친 어때?"

고모는 옷걸이에 걸린 팬티를 잡아당기며 아무렇지 않게 물었다. 단아는 고모 속내를 짐작할 수 있다. 고모가 이 질문을 얼마나 많이 생각하고 했을까. 바람 빠진 공처럼 푸슬푸슬 웃음이 나왔지만 무심하게 대답했다.

"엄청 어려. 내 또래……."

"뭐?"

"보다 조금 더……."

"그래?"

"백 일 안에 쫑 난다에 한 표."

"어련하겠니? 역시 네 아빠답다."

고모 말에 단아는 갑자기 속이 꼬였다. 아빠다운 거? 여자들과 노는 거 좋아하고 자기 외에는 관심 없는 거? 아빠가 관심 없는 데 단아가 포함되는 것 같아 속상했다. 단아는 꼬인 속을 고모에게 그대로 드러냈다.

"고모는 연애 안 해? 사귀는 남자 없어?"

고모에게 남친이 없다는 걸 뻔히 알면서 되바라지게 물었다. 어떤 보복이 날아오든 한마디 뱉어야 직성이 풀릴 것 같았다. 아빠가 싫으면서도 단아는 어쩔 수 없이 아빠 딸이었다. 가시 돋친 말이 날아올 줄 알았는데 고모가 차분하게 대답했다.

"글쎄, 연애할까 결혼할까 그냥 살까 하다가 아기나 입양해서 키울까 싶기도 한데 너 키웠으니 됐지 싶어. 너 키운 생각 하면 그때가 그립고 그래. 내 마음 나도 잘 모르겠다."

"역시 고모답다."

단아는 고모 말투를 흉내 내 똑같이 받아쳤다.

'사귀는 남자도 없으면서 무슨, 연애도 안 해 봤으면서 뭘? 난 아무거나가 아니라고. 아빠가 열여덟 살 어린 나이에 날 낳았지만 최선을 다해 키우고 있잖아. 사랑? 그것도 열정이 있어야지 고모같이 심심한 사람은 백날 죽었다 깨어나도 못 할걸?'

하지만 다시 곰곰이 생각하면 단아를 키운 건 아빠도 할머니도 아닌 고모였다. 만두 가게를 하는 할머니는 예나 지금이나 일이 많았다. 아빠는 집 나가 서울에서 따로 살았고, 아빠보다 두 살 많은 고모는 은행을 다녔지만 오후 6시 반이면 어김없이 귀가해 단아를 돌보았다. 종일 차고 있어 무거워진 기저귀를 갈아 주고, 목욕시키고 분유를 먹인 후에는 꼭 트림까지 시킨 후에 재웠다.

단아의 유년 시절 이야기는 고모가 직접 만들어 단아에게 열세 살 생일 선물로 준 책에 다 나와 있다. 블로그에 올라오는 엄마들의 육아 일기처럼 단아의 자잘한 일상을 기록해 놓은 일기나 사진, 비디오가 있어 과거를 떠올리기가 어렵지 않았다. 그 모든 것이 고모 손에서 편집되긴 했지만 단아 기억 속에서 끄집어내어 봐도 고모라는 존재는 엄마와 맞먹었다. 출근하는 고모의 치맛자락을 놓지 못해 유치원 버스를 그대로 보내기도 했고, 고모에게 머리를 쥐어박히면서 한글을 깨우쳤다. 단아가 학교에 들어가서는 고모가 급식 봉사를 왔고, 고모와 마트에서 장을 봐 할머니 생신상을 차렸다. 어느 때든 단아 곁에는 항상 고모가 있었다. 그래서 엄마가 그립지 않았는지도 모른다. 그런데도 고모를 엄마라고 부른 적은 한 번도 없다. 고모는 어찌해도 고모였다. 고모에게 단아가 딸이 될 수 없는 것처럼.

장난감 코너에서 유아차에 탄 아이가 떼를 부리며 세상 떠나갈 듯 울었다. 고모가 그 모습을 보고 단아 어렸을 때와 똑같다고 했다. 단아는 기억하지 못하는 시절의 이야기였다. 고모는 단아를 데리고 스포츠 용품 코너에서 운동화를 사 주었다.

친구들이 신는 운동화와 똑같은 것을 할인가에 샀다. 이왕이면 신상품을 고르라고 했지만 단아는 충분하다며 고모를 끌어안았다. 물론 과학 성적에 대해서는 입을 다물었다. 모처럼 푸드코트에서 돈가스 정식을 먹는데 새 운동화를 신고 학교에 갈 생각에 설레었다.

월요일 아침, 친구들이 단아에게 다가왔다. 단아는 불쑥 실내화 주머니에서 운동화를 꺼냈다. 크게 환호할 줄 알았는데 친구들의 반응은 기대에 못 미쳤다. 은지와 세연이 실내화 주머니에서 꺼낸 것 또한 새 운동화였다. 홍대 앞에서 산 보세라며 둘은 신나게 떠들었다. 친구들은 아빠를 궁금해했다. 단아는 친구들과 어색해지는 게 싫어 미리 문자로 스토커가 아빠임을 알렸다. 은지와 세연이는 그 이야기를 단아 입을 통해 듣고 싶어 했다.

“아빠가 폭주족이라 개쪽팔려. 됐어?”

단아 말에 은지와 세연이 웃었고, 휴대폰에 저장된 아빠 사진을 보려고 다른 친구들이 몰려들었다. 순식간에 아빠는 스타가 되었다. 키도 크고 스타일도 남다른 데다 ‘안 타?’ 하며 호통칠 때 허스키한 목소리가 주위를 압도했다며 그곳에 있었던 아이들이 영웅담처럼 떠들었다. 누군가 원조 교제의 현장을 목격하는 줄 알고 간이 콩알만 해졌다고 해서 단아는 책상을 치며 웃었다.

그때 앞문으로 담임이 들어왔다. '단아 아빠 영화배우 같아요', '단아하고 안 닮았어요', '너무 멋져요, 교실로 한번 초대해요' 무수한 말이 쏟아지는 찰나 담임이 교탁을 가볍게 두드렸다.

"안 그래도 단아 아빠는 학교에 한번 오셔야 해. 다른 건 다 잘 봐 놓고, 과학은 반 토막이라니. 명색이 과학 담임 반이 과학 성적 꼴찌라니 내가 체면이 안 선다."

담임의 천기누설에 교실은 조용해졌다. 단아는 고개를 들 수 없었다. 반 평균을 깎아 먹다니, 책상에 얼굴이 화석으로 박혔으면 하고 바랐다. 담임이 아이들을 향해 제발 시험 전날엔 밤새워 공부하지 말라고, 그러면 시험 중에 잔다며 오히려 역효과라고 했다. 그리고 반 친구들의 압도적인 요청으로, 이의 제기하는 사람이 없다면 단아 아빠를 학부모 직업 체험 교사로 초청하겠다며 아침 조회를 마무리했다.

단아는 쏜살같이 복도로 나가 담임을 불렀다. 과학 성적은 이미 관심에서 떠난 지 오래였다. 문제는 아빠가 직업 체험 교사가 된다는 거였다. 이게 과학 성적과 관련된 벌이라면 어떻게든 담임을 설득해야 한다. 이제껏 보아 온 학부모 교사들은 의사나 판검사, 연구원 같은 전문직 종사자나 사회에 공헌한 사람들이었다. 그런데 단아 아빠라면 학부모 교사로는 자격 미달이 아니라 아예 자격 박탈감이다.

“선생님, 아빠는…….”

“내가 아빠와 상의해 볼게.”

선생님이 직접 전화한다면 아빠 또한 단번에 거절할 확률이 높다. 아빠는 학생일 때도 잘 안 갔다며 너무 많이 불려 다녀서 더는 학교와 사귀고 싶지 않다고 했다. 그 핑계로 단아의 유치원, 초등학교, 중학교 입학식에도 얼굴을 비치지 않았다. 아빠는 버젓이 내세울 직업도 학력도 없으니 절대 학부모 교사가 되지 않을 것이다. 될 수도 없지만.

단아가 집에 오자마자 할머니는 신나는지 말을 쏟아 내기 바빴다. 아빠가 낮에 여자를 데리고 집에 왔다고 했다. 항상 제멋대로인 아빠라 놀랍지도 않았다. 낮에 왔다면 만두 가게도 손님이 많아 정신없었을 테고 아무래도 할머니가 여자를 대충 봤을 것이다. 저녁에 왔으면 차분하게 봤을 텐데, 고모와 단아를 의식해 두 남녀가 후루룩 국수 먹듯 할머니에게 눈도장만 찍고 간 게 분명했다.

“단아야, 너도 잘 키운다더라.”

“누가 누굴 키운다고 그래. 그 여자 아빠랑 결혼할 사이 아니야. 쭉빵 클럽에서 만났대. 아빠한테 또 돈 홀랑 주지 마.”

단아는 저도 모르게 할머니에게 설교하기 시작했다. 목이 터져라 말을 해도 할머니는 고개를 흔들며 아니라고만 했다.

“할머니, 그 여자 화장도 진하고 옷도 막 함부로 입고 좀 그렇지?"

"이쁘더라, 네 엄마처럼."

"……."

여기서 하필 엄마 이야기가 왜 나오나 싶어 단아는 말문이 막혔다.

"또 교복 입고 왔어?"

단아 말에 할머니 표정이 멍하니 흔들렸다.

"이 색시는 학생이 아니고 아가씨야, 아가씨. 네 아빠한텐 과분하지."

아빠는 그동안 여자를 두 손으로 세어도 모자랄 정도로 많이 데려왔고, 어느 여자도 아내로 맞이하지 못했다. 돈을 떼이는가 하면, 결혼식을 앞두고 상대가 사라지기도 했다. 떠난 여자 때문에 마음 둘 곳 없어 술로 방황하는 아빠를 보면서 단아는 남녀 문제가 단순한 듯 꽤 복잡하다는 걸 알았다. 할머니 표현대로 연애는 불구덩이로 뛰어드는 일이 틀림없다.

"할머니는 그 여자가 맘에 들어?"

고개를 끄덕이는 할머니가 단아에게도 똑같이 물었다. 단아는 고개를 절레절레 흔들고 이내 후회했다. 또 할머니의 연설이 한바탕 지루하게 이어졌다. 착실하게 아빠를 이끌어 줄 여자라며 야무진 여자가 들어와야 아빠가 정신을 차리고, 아빠가 가정에 충실하면 단아에게도 좋다는 그렇고 그런 이야기였다.

"단아 너도 키운디야."

할머니는 여자에게 들은 그 말이 귀에 쏙 들어와 박혔는지 몇 번이나 반복했다.

"난 할머니랑 평생 살 건데."

할머니가 고개를 흔들었다. 자식은 부모와 살아야 한다며 이제는 온전히 엄마 아빠와 살라고 단아를 타일렀다.

"엄마가 생긴다는 게 실감 안 나지? 거기다 동생까지. 잘 살아야 한다, 우리 단아."

할머니가 갈라지고 투박한 손으로 단아의 얼굴을 만지고 쓰다듬었다. 양파와 마늘, 생강에 버무려진 돼지고기 냄새가 코끝으로 스몄다. 엄마? 거기다 동생?

단아는 두 눈을 동그랗게 뜨고 할머니를 보았다. 할머니의 축축하게 젖은 눈을 보면서 단아는 여자가 쪼그려 앉아서 자꾸 입을 틀어막던 놀이공원이 떠올랐다. 그게 입덧? 미친. 왜 거기서 그런 거냐고. 단아는 목구멍이 간질간질하며 더러운 무언가가 올라오는 기분이 들어 서둘러 화장실로 갔다. 우웩, 우에엑!

일주일이 지나 여자가 학교 앞으로 단아를 찾아왔다. 아빠처럼 오토바이를 교문 앞에 세워 둔 모습을 보고 단아의 눈이 허공을 맴돌았다. 오토바이 동호회 쭉빵 클럽에서 아빠를 만났다고 했다. 은지와 세연이 누구냐고 물어 선배라고 둘러대었더니 여자가 따져 물었다.

"내가 선배야?"

본인은 서울말로 한다고 생각하겠지만 단아 귀에는 영 어색했다. 사투리 억양에 친구들도 킥킥대며 웃었다.

"놀이공원에 교복 입고 왔잖아요."

"그거야 이벤트 의상이지."

우아, 쩐다! 은지와 세연이 한마디씩 했다. 오늘 여자는 하체 고문 청바지에 크롭 티, 버켄스탁 슬리퍼 차림이었다. 단아는 여자의 배에 눈길이 가는 걸 얼른 거두었다.

친구들과 카페 '시소'에 들어가는데 여자가 자기가 사겠다며 단아를 데리고 계산대로 갔다. 단아는 여자를 데리고 계산대로 갔다. 은지와 세연이 들고 있던 지갑을 흔들며 환호했다.

"와플 세 개에 아이스크림 한 덩이씩, 리치 크랩 샌드위치랑 닭가슴살 샐러드, 고르곤졸라 피자 한 판에 카페라테 두 잔, 아이스티 하나요."

골탕 먹일 생각에 단아는 평상시보다 많이 주문했는데 여자는 자신과 취향이 비슷하다며 웃어 보였다. 여자가 카드를 건네는데 주인아저씨가 물었다.

"손님 성함이……."

"왕준오, 제 남편 카드예요. 참, 라테 하나 추가해 주세요."

카드가 부드럽게 긁혔다. 단아는 현기증으로 몸에서 힘이 쭉 빠져나가 진열대를 꽉 잡았다. 여자가 카드와 영수증을 건네받으며 단아를 보고 씩 웃었다.

"준오 씨 선물."

단아는 여자 입을 꿰매고 싶었다. 딸 생일 선물은 길거리에서 파는 핀이나 장난감, 유원지에서 총으로 쓰러뜨린 곰 인형이 전부이면서 여친한테는 신용 카드를 줘? 아빠가 미쳐도 보통 미친 게 아니구나. 그러니 번번이 고모한테 혼나지. 단아 마음이 쓴 커피처럼 까맣게 타들어 갔다.

탁자를 가득 채운 음식을 보며 은지와 세연이 환호했다. 맛있는 게 눈앞에 있는데 단아는 도무지 입맛이 나지 않았다. 여자는 커피를 마시지는 않고 코끝에 대고 냄새만 맡았다. 고급 취향이라고 은지가 말했다. 여자는 단아 친구들을 제 친구처럼 은지야, 세연아 이름을 부르며 금세 말을 텄고 허물없이 이야기를 나누었다. 날씬한 몸매와 달리 먹성이 좋아 은지와 세연이 남긴 것까지 다 먹었다. 단아는 아빠가 밥도 안 먹고 집에 온 날이 생각났다. 여자가 자꾸 먹어 대니 그 곁에서 먹을 수 없었던 거다. 은지와 세연이 학원에 간다고 일어나자 여자가 단아만 잡아 앉혔다. 단아는 친구들처럼 학원 갈 일도 없지만 같이 일어나고 싶었다. 은지와 세연이 언니 다음에 또 만나요, 하며 절친처럼 인사하고 나갔다.

여자는 손가락으로 탁자를 두들겼다. 손가락이 현란하게 움직였다. 가만 들여다보니 손톱 끝에서 음표가 마구 뛰어다녔다. 높은음자리표에 팔분음표, 십육분음표, 스타카토와 샤프와 플랫. 단아는 손톱에 그려진 까만 음표들을 들여다보는데 유치해서 웃음이 났다. 여자가 자기 손톱을 한데 모아 단아 앞으로 내밀었다.

"아빠랑 있으면 단아도 이런 기분이야?"

단아는 온몸에 닭살이 돋았다. 가슴에서 휑하게 바람이 불었다. 단아는 물어뜯어 보기 흉한 자기 손을 내밀었다.

"결혼하면 이런 기분일걸요, 착각하지 마요."

단아가 자리에서 일어났다. 아빠의 결혼을 말릴 생각은 없지만 번번이 이런 일이 되풀이되는 게 지겨웠다. 여자가 단아 손을 잡아 앉혔다. 묵직하게 누르는 힘이 보통이 아니었다. 제멋대로 단아 손을 만지고 손톱 상태를 확인하더니 가방에서 작은 통을 꺼내 손톱 위에 뿌리고는 단아에게 건넸다. 액상 스프레이를 들여다보는데 여자 말이 절대 물어뜯을 수 없을 거라고 했다. 단아는 콧방귀를 뀌며 손끝을 물었다. 퉤! 강한 쓴맛이 났다. 여자가 냅킨을 건넸다. 단아는 컵에 남은 물을 한 번에 마셨다. 혀끝이 얼얼했다.

"뭐예요?"

"스톱."

"……."

"약 이름. 그거 고치는 건 일도 아니야."

단아는 손톱을 물어뜯고, 파고드는 발톱을 후벼 파는 버릇이 있다. 그 덕분에 피 맛도 많이 보고, 걸을 때 패인 발톱이 아파서 뒤뚱거린 적도 있다. 10년도 넘은 버릇인데 무슨 수로 고쳐 준다고 하는 건지 단아는 여자를 비웃었다.

"네 아빠도 특유의 버릇이 있더라, 왕씨만의……. 고치고 손보고 다듬고, 앞으로 내가 계속해야 할 숙제."

뭐지? 순간 머릿속이 윙 울렸다. 아빠가 나처럼 물어뜯거나 그런 버릇은 없는데 뭘 고치고 다듬어 줬는지 묻고 싶었다. 여자가 큰 눈을 깜박이며 입꼬리를 올리자 주위가 환하게 빛났다. 단아는 여자와 눈싸움이라도 하는 것처럼 그 눈을, 얼굴을 들여다보았다.

단아와 열 살도 차이가 나지 않는 새엄마가 흥미롭다며 은지가 호기심을 드러냈다. 우리 사이에 서로 비밀이 있으면 되겠냐는 세연의 말에 단아는 가족 이야기를 하게 되었다. 이미 드러난 가족사라 속이거나 감추고 싶지도 않았다. 이런 일로 관계가 단절된다면 그런 사이밖에 안 되는 거였다. 초등학교 때는 동네 친구들이 단아 아빠를 날라리 아빠라고 놀렸고, 할머니를 도와 가게에서 일하고 있으면 단아를 할머니 손에서 자라는 불쌍한 아이로 보았다. 단아는 할머니, 고모와 별 어려움 없이 지내는데 그저 엄마만 없을 뿐인데 말이다. 단아가 굳이 집에서 먼 중학교를 골라서 간 것도 그런 사정 때문이었다.

중학교 친구들은 달랐다. 단아의 사생활을 잘 모르기도 하지만 털털하고 구김 없는 단아의 성격을 그대로 받아 주었다. 게다가 학원을 다니지 않고도 성적이 상위권이라 친구들이 부러워했다. 단아는 자신의 결핍을 성적으로 채웠다. 친구들이 엄마에 대한 불만을 이야기할 때마다 단아는 그것이 부러웠다. 단아에게는 성적을 걱정해 주는 엄마도, 학원으로 열심히 날라주는 열성 엄마도 없기에 그 빈칸을 혼자서 메꾸었다. 자연스레 단아 주위로 친구들이 몰려들었다.

친구들은 단아네 가족 이야기에 호들갑을 떨며 웃었다. 엄마 아빠가 자유로운 영혼이라 좋겠다며, 아빠가 간지 작렬이라는 둥 배 나온 자기 아빠와는 비교도 안 되게 젊고 매력적이라며 아빠 팬클럽을 만들겠다고 했다. 딸을 '하이스쿨 베이비'라고 부르는 것부터 남다르다며 추켜세웠다. 단아는 친구들의 해석에 할 말을 잃었다. 세연의 아빠처럼 배 나왔어도 공부하는 딸의 머리를 쓰다듬으며 귀엽게 술주정하는 아빠가 부러웠지만 차마 말할 수 없었다. 변태라고 놀림받을 것 같았다.

학부모 교사 강연이 있는 날 단아는 마음이 초조했다. 며칠 전부터 아빠에게 전화해도 통화가 되지 않았다. 단아는 아빠가 와도 불만이고, 안 와도 불안한 어정쩡한 심정으로 교실 문이 열리기를 기다렸다. 드디어 앞문이 열리고 한 남자가 들어왔다. 가죽 부츠에 부상 방지용 바지와 재킷, 커다란 헬멧까지 착용한 탓에 동작은 크고 어색했다. 아빠는 힘겹게 한 발, 한 발 교단 앞으로 다가왔다. 아이들이 책상을 두들기며 소란을 떨었다. 은지와 세연이 단아를 보며 웃었지만 단아는 소리 없이 긴 한숨을 내쉬었다. 용케 오늘은 시간을 비워 두었던가 보다. 그나마 오토바이를 끌고 교실에 들어오지 않은 게 다행이었다.

아빠는 헬멧을 벗을 생각도 하지 않고 거수경례를 했다. 여기저기서 얼굴 좀 보여 달라고 소리쳤다. 단아는 속으로 절대 헬멧을 벗지 말라고 주문을 걸었고, 다행히 주문에 걸린 건지 아빠는 헬멧을 쓴 채 크게 외쳤다.

"라이더에게는 안전 장비가 생명입니다."

헬멧 가림막에 부딪혀 목소리가 뭉툭하게 들렸다. 마치 음성 변조기를 헬멧에 장착한 것 같았다. 에코가 선명하고 묵직했다. 허스키한 목소리보다 백배 멋있어 보였다.

아빠는 오토바이와 인연을 맺은 길고 긴 역사를 이야기했다. 친구들 꼬임에 빠져, 속도 내는 게 좋아서, 남들이 멋지다고 해서 타게 된 오토바이가 밥벌이가 될 줄 몰랐다며 취미로는 좋은데 생업으로는 뭐 같다는 상스러운 말을 할 때 단아는 얼굴이 화끈거렸다. 오토바이 타고 원하는 곳이라면 산도 바다도 다 가지만 딱 한 군데 못 가는 데가 있다는 말을 할 때 모두 귀를 쫑긋 세웠다.

"단아의 마음속!"

친구들이 환호하며 부럽다는 눈빛으로 단아를 보았다. 사랑 고백도 아니고 뭐도 아닌데 단아는 고개를 들 수 없었다. 저런 유치한 말은 아빠가 연애할 때 여자들에게 써먹어서 어렵지 않을 것이다. 친구들이 헬멧을 벗으라며 떼로 청했고, 아빠는 뒤돌아 헬멧을 벗었다. 은지와 세연이는 만화 캐릭터처럼 절절한 눈망울로 두 손을 모으고 앞만 바라보았다. 단아는 두 눈을 꼭 감았다. 교실에서 아빠를 마주하는 게 어색하고 싫었다. 드디어 아빠가 등을 돌렸다. 어? 엥? 여기저기서 의외의 감탄사가 새어 나와 단아도 눈을 떴다. 아빠가 아니었다.

남자가 몇 올 남지 않은 머리를 매만지며 입을 열었다.

"이거 벗지 않은 걸로 해 주세요. 선배님 부탁이라서요."

"단아 아빠는요?"

세연이 물었고, 아빠의 후배라는 남자가 뜸을 들이다 병원에 있다고 했다. 아이들이 비명을 질렀고, 단아는 인상을 구기며 속으로 투덜댔다. 역시 약속 하나 못 지키는 아빠였다. 후배 말이 오토바이 추격 장면을 찍다 다쳤다며 스턴트맨에게는 흔한 일이라고 했다. 후배는 단아 아빠가 대신 가 줄 것을 부탁했다며 한여름에 복면가왕은 할 게 못 된다고 너스레를 떨었다. 단아는 아빠가 나타나지 않아 좋을 줄 알았는데 그렇지도 않았다. 은지가 단아의 어깨를 다독여 주었다. 단아 아빠 영화배우

맞네, 하며 사인받으러 가겠다는 친구도 있었다.

아빠는 6인용 병실에서 웹툰을 보며 실없이 웃고 있었다. 미라처럼 붕대를 칭칭 감은 다리 하나가 허공에서 흔들렸다. 단아가 아빠의 다른 쪽 다리를 손으로 내리치자 아빠가 소스라치게 놀랐다.

"으악!"

"뭐야?"

무덤덤하게 말하는 단아에게 아빠는 환자복 바지를 걷어 군데군데 난 상처를 보여 주었다. 단아는 작은 소리로 많이도 다쳤다며 중얼거렸다.

"도대체 아빠는……."

"뭐?"

단아는 하려던 말을 삼켰다. 중학생 딸을 키우는 아빠 맞나 싶게 한심해 보였다. 이렇게 대단한 영화배우인 줄 몰라봐서 미안하다고 애교를 부리자 아빠는 사인을 해 주겠다며 몸을 일으켰다. 대한민국 영화 속 모든 오토바이 추격 장면은 자기가 한 거라며 허세를 부렸다. 그렇게 단아가 아빠와 농담을 주고받을 때 차밍이 병실에 들어왔다. 모처럼 아빠와 웃고 떠드는데 여자가 나타나자 단아는 맥이 풀렸다. 여자를 자주 보는 게 영 못마땅했다.

"인사 안 해?"

아빠 목소리가 백팔십도로 바뀌며 단아를 나무랐다. 엄마 될 사람에게 그러면 안 된다며 연설했다.

"폰에도 저장해 둬. 새차든 명차든."

'새엄마 차민지'를 줄여서 '새차'라나 '명품 엄마 차민지'를 줄여서 '명차'라나 웃기지도 않았다. 단아는 공중에 떠 있는 아빠 다리에 큼직하게 '똥차'라고 써 주고 싶었다. 똥멍청이 차민지. 여자는 아빠에게 너무 올드하다며 자기는 엄마보다 언니로 불리는 게 더 편하다고 간지럽게 말했다. 할머니에게 어머니가 아니라 할머니라 할 때부터 알아봤다. 단아는 몸에 들러붙은 거머리를 떼어 내듯 팔뚝에 붙은 살을 쥐어뜯었다.

"엄마 임신했다. 조만간 동생 보니까 잘해."

"아이, 자기는. 8개월이나 남았어."

"그게 그거지. 아, 내년으로 넘어가나?"

"봄에 나오니 봄이라고 할까? 왕봄! 풋, 너무 웃겨. 단아처럼 예쁜 이름 없나?"

여자가 단아더러 예쁜 이름 있으면 말해 달라고 했다. 단아는 가슴이 파르르 떨렸다. 단아처럼 예쁜 이름도 왕단아면 안 예쁜데……. 병원에 온 게 후회되었다. 그나마 친구들을 떼어 놓고 오길 잘했다 싶었다.

"아빠, 내가 진짜 마지막으로 말하는데."

아빠가 가볍게 웃으며 단아를 보았다. 잦아들었던 단아 목소리가 커졌다.

"한 번만 더 '하이스쿨 베이비'라고 부르면 안 본다. 정말 싫다고!"

단아가 뒤돌아 나오는데 아빠가 하는 말이 목을 감았다.

"내가 고등학생 때 너를 만났잖아. 나를 잊지 않으려고……."

뒷말은 들리지 않았다. 이제껏 아빠가 그렇게 부를 때마다 단아는 교복 입고 떠난 여학생 엄마가 떠올랐다. '하이스쿨 베이비'는 그렇게 떠난 여학생의 아이로 이어져 기분이 더러웠다. 전혀 '하이'하지 않은 인사였다. 아빠도 당연히 고등학생이었겠지. 그래서 뭐? 하지만 아빠 입을 통해 직접 들으니 생생했다. 진작 좀 잘하지. 단아는 목이 팽팽하게 당겨져서 숨 쉬기 힘들었다.

복도에 서서 가슴을 둥둥 치는데 누군가 등을 토닥여 주었다. 새차인지 명차인지 똥차 같은 여자였다. 박차고 뛰어가려는데 손을 붙잡으며 옥상에 잠깐 올라가자고 했다. 뿌리치고 싶어도 손목 힘이 강해 털지 못하고 따라 올라갔다.

정형외과 건물 옥상에 서 있으려니 현기증이 일었다. 요사이 자주 머리가 어지러웠다. 빈혈 증세인가? 단아는 며칠 후면 방학인데 뭘 하지 하는 생각이 들었다. 하루는 퇴근하는 고모와 쇼핑을 하며 저녁도 먹고 심야 영화도 봐야지. 또 하루는 친구들과 시내 맛집을 재잘거리며 쏘다닐 것이고, 또 하루는 종일 할머니를 도와 만두를 빚고 서빙을 할 것이다. 그러다 하루쯤은 아빠와 여자 틈에 끼어 그들이 나누는 눈빛 사이에서 어정쩡하게 서 있을지도 모른다. 태어나 처음으로 단아는 자기 방을 꾸미느라 여러 날 바쁠지도 모르겠다. 아니면 한참 어린 동생의 신생아 용품을 둘러보러 다니느라 정신없을까.

단아는 한 손으로 다른 손목을 잡고 빙빙 돌렸다. 여자의 손목 힘이 보통 아니게 셌다. 그 힘으로 보자면 아빠를 꽉 잡고 살 것 같았다. 여자는 걸려 온 전화를 받느라 한쪽 귀를 틀어막으며 몸을 돌렸다. 9주라느니, 입체 초음파라느니 알아들을 수 없는 말이 이어졌다. 전화 건 사람이 의사인 줄 알았는데 편하게 말을 놓는 게 친구 같다가 거래처 어쩌고 하는 게 직장 동료인가 싶기도 한데, 대화가 중구난방으로 날뛰었다.

단아는 빨랫줄에 끝없이 널린 하얀 침대보를 들여다보았다. 손으로 만지자 햇볕에 바싹 마른 천이 맥없이 풀어졌다. 하얀 천 너머에 뭐가 있었더라. 누군가 숨어 있지 않나 고개를 내밀었다. 어디서 본 듯한 장소인 건 분명한데 기억나지 않았다. 여자가 전화를 끊고 이쪽으로 오는 소리에 단아는 하얀 천 뒤로 숨었다. 이제부터 술래잡기 시작이다. 단아는 묘한 기시감을 느끼며 어디서 이 장면을 본 것 같다고, 슬픈 영화여서 많이 울었다고 중얼거렸다.

열일곱 살에

피

물놀이 계획을 설명하고 있는데 휴대폰에서 알림음이 울렸다. 때마침 폭염주의보가 발령되었다는 안내 문자에 나는 한껏 의기양양해졌다. 파라솔이 펼쳐진 생생 마트 앞 탁자에 앉아 히비스커스 블렌딩 티를 마시면서 말이다.

"봤지? 이 여름에 달려가야 할 곳 영순위 물테워조, 홍상기 당첨!"

목청 높여 외치는데 상기는 무심히 플라스틱 컵에 담긴 얼음을 과자라도 되는 듯이 입에 털어 넣었다. 그냥 앞치마도 아니고 블랙 바리스타 앞치마가 구겨지는 게 싫다며 내 앞에 서서 쉴 새 없이 입으로 얼음을 나르는 게 수영장에 목마른 사람은 내가 아닌 상기 같았다.

"상기야, 휘몰아치는 파도가 네 몸을 물속으로 내리꽂는다고 상상해 봐. 신나지 않니?"

어렸을 때는 물이 싫어서, 조금 커서는 수영복 입는 게 귀찮아서, 작년에는 생리가 터질 것 같은 불안감에 물을 피해 다녔다. 올해는 수연이가 한 달 전부터 부추겨 꼭 가야겠다고 벼르는 일이 되었다. 상기가 '물테워조'가 뭐냐고 물어 '물이 너 태워 준다'라고 하려다 '물놀이 테마파크 워터 조이'라고 또박또박 알려 주었다. 폭염 속에서 동네 한복판에 앉아 뜨거운 차를 마시는 일은 사막을 뒹구는 것만큼이나 힘에 부쳤다. 같이 가자고 조르는 일도 이쯤에서 그만해야 덜 비참할 것 같아 입을 다물었다.

상기는 부모님이 운영하는 마트 한쪽에 테이크아웃 전문 카페를 차렸다. 정확히는 임차인이 폐업한 카페 부스가 흉물스러워 자기 엄마가 끙끙거리는 것을 상기가 여름 방학 동안 해 보겠다고 나선 것이다. 기말고사 끝나자마자 시작해 문을 연 지 며칠 되지 않았다. 얼음을 과자처럼 씹어 먹으며 상기가 말했다.

"동네 핫 플레이스인 거 알지? 자리 비우기가 힘들어."

"일주일도 안 돼 핫플? 우아, 어쩐지 너무 맛있더라."

무슨 말도 안 되는 소리를 하느냐고 말하려다 말았다. 상기가 이내 본마음을 드러냈다. 엄마 말이 떠올라 난감하다고 했다. 방학 동안 하는 거 봐서 이후의 카페 운영도 생각해 보자고 했다며 상기는 기대에 부풀어 있었다. 중학교 때 진로 체험 시간에 배운 음료 제조 실력이 녹슬지 않았는지 마트에 물건 사러 오는 이들이 천 원, 2천 원을 들고 와 아이스 아메리카노나 아이스티를 줄 서서 마시는 걸 보고 칭찬에 인색한 자기 아빠도 인정해 주셨다는 것이다. 상기는 하루빨리 사업에 뛰어들고 싶은 포부를 오래전부터 나에게 내비쳤다.

"히비스커스에 뭘 넣었기에 이렇게 향기롭고 달아?"

상기는 대답 대신 앞치마 주머니에서 냅킨을 꺼내 흘러내리는 땀을 닦았다. 그러다 갑자기 소리쳤다.

"영라야! 아, 안 돼."

상기가 툴툴대기 시작했다. 맛있는 히비스커스 블렌딩 티에 방금 나의 짭짤한 땀방울이 첨가되었다며 유난을 떨었다. 폭염에도 뜨거운 차를 주문하는 내가 이해되지 않는다며 다음엔 차가운 히비스커스 차를 만들어 주겠다고 했다. 새 냅킨을 내 이마에 척 붙이더니 땀에 젖은 냅킨을 꼼꼼하게 떼 주며 상기가 말했다.

"딱 봐도 우린 노 커플."

"누가 커플 하재? 하은이가 남친하고 오니까 그러는 거지."

"그럼 셋이 놀아."

"꼭 같이 가야 해. 어떻게 구한 건데!"

"수연이네 삼촌이 줬다며?"

"수연이랑 내가 대전까지 가서 받아 온 거야."

"근데 수연인 왜 안 가?"

"나인 투 나인, 방학 특강. 기필코 수연이 몫까지 놀아야 한단 말이지. 너 물테워조 갔다 와서 열심히 바리스타 일 한다고 해. 엄마도 이해하실걸."

하은이 남자 친구와 가도 되냐고 했을 때 태연하게 고개를 끄덕인 게 후회되었다. 수연이는 엄마가 강제로 학원 프로그램에 등록했다며 불만을 토로했다. 나는 아침 9시부터 밤 9시까지 학원에 있어야 한다는 생각만으로도 끔찍했다. 수연이 빠진 자리에 상기를 앉히려는데 그 또한 쉽지 않았다. 순간 머릿속이 깜박이며 좋은 생각이 떠올랐다. 나는 더위에 상해 가는 내 눈알을 수습하고 상기를 쳐다보았다.

"네가 간다면 이 몸이 네 소원을 들어주시겠다."

"내 소원이 뭔데?"

앞치마에 가려진 상기의 가슴을 뚫어지게 쳐다보자 상기가 몸을 휙 돌렸다. 순간 시원한 바람이 일어 기분이 살랑거렸다. 나는 상기의 앞치마를 잡고 일어나 따졌다.

"너, 너 감았지? 이 더위에, 미친놈."

"야, 너 뜨거운 차 마시는 거랑 똑같아."

"어떻게 똑같아? 난 좋아서 마시는 거고, 넌 싫어서 둘둘 싸맸잖아."

상기는 친구들 사이에서 C컵, 엄지(엄마 젖꼭지), 자몽, 푸딩으로 불리는 그냥 딱 봐도 풍성한 가슴을 나에게 보여 준 적이 있다. 유치원 때부터 같이 놀던 동네 친구라 상기는 나를 여자보다 친구에 방점을 찍어 대했고, 그건 나도 마찬가지였다. 나는 상기의 튀어나온 가슴을 보며 처음에는 신기해하다 이내 내 것과 비교하며 부러워했다. 그리고 위로의 단계에 이르렀을 때 '붕대 처치법'을 알려 주었다. 볼록 튀어나온 가슴은 상기에게는 떼어 내고 싶은 거대한 혹이라고 했다. 나는 리듬을 실어 말했다.

"상기의 가슴은……."

"야, 너?"

상기가 내 입을 막으려고 할 때, 마트에서 아이들이 뛰어나오며 음료를 주문했다.

"아티 주세요!"

상기는 서둘러 안으로 들어가며 씩씩거렸다. 아이들은 카페 앞에 줄 맞추어 섰다. 스피커에서 하와이 음악이 시원하게 흐르는 가운데, 아이스티 원액에 물과 얼음을 넣고 셰이커를 흔드는 상기의 모습은 방금 전과 딴판이었다. 크고 화려한 동작으로 셰이커를 높이 올렸다 다른 손으로 건네받으며 플라스틱 컵에 폭포수처럼 음료를 쏟아부었다. 좁은 조리대 안에서 코끼리가 몸을 흔드는 것처럼 위태로워 보였지만 상기는 재빠르게 몸을 움직여 레몬 조각을 띄웠다. 플라스틱 컵을 아이들 앞에 내놓으며 알로하, 쌀라쌀라 했다. 키득대며 웃던 아이들이 가위바위보로 순서를 정해 음료 한 잔을 나눠 먹느라 시끄러웠다. 천 원 벌려고 이 더위에 몸을 흔드는 장기까지 보이는 상기가 안쓰러웠다. 상기가 셰이커를 씻으며 나 들으라고 크게 말했다.

"수영복도 안 맞아 못 가."

"사거리 청담 의류에 가면 큰 사이즈 있어."

"수영장 가요?"

아이들이 끼어들어 수영장 가는 걸 부러워했다. 그러고는 음료 한 잔을 또 주문했다. 나는 아이들에게 카페 문 닫을 때는 마트 안에서 파는 아이스티 사 먹으라며 냉장고 위치까지 알려주었다. 실은 그게 더 맛있다고 속삭이는 나에게 상기가 인상을 쓰자 한 아이가 말했다.

"우린 형 춤추는 거 보려고 주문해요. 한 잔 마시고 또 한 잔, 이렇게."

"아, 그래? 그럼 이거 먹고 또 주문할 거야?"

내 물음에 세 아이는 맞춘 듯 고개를 끄덕이고는 제멋대로 춤을 추며 하마라느니 고릴라 춤이라느니 했다.

"상기야, 다이어트 제대로다."

"핫플이라 못 간다고 했잖아, 너나 잘 다녀와."

상기는 환하게 웃으며 아이들에게 동영상을 찍어 인스타에 올리면 한 잔씩 서비스로 준다며 홍보에 나섰다. 나는 더는 가망이 없을 것 같아 일어났다. 몸에 후줄근하게 들러붙은 교복을 툴툴 털며 하은이 남친과 셋이 가서 그냥 그렇게 놀 것인가, 둘만 보내고 뜨거운 태양 아래서 더위나 마시며 이렇게 지칠 것인가 고민하며 숨을 길게 내쉬었다. 열일곱 살의 여름을 어떻게 버틸 것인지 생각하는데 순간 머리가 핑 돌았다.

공중에 걸린 커다란 양동이에서 쏟아지는 물을 맞는 게 굉장히 짜릿할 줄 알았는데 기대만큼은 아니었다. 오히려 긴장하며 낙수를 기다리는 사람들의 행동과 표정이 더 흥미로웠다. 하은이는 물세례를 받기 전부터 폴짝폴짝 뛰며 수호에게 안기느라 바빴다. 여름마다 왔다면서 처음 오는 나보다 더 요란하게 굴었다. 하은의 남친 수호는 든든한 보디가드가 되기에는 뭔가 많이 부족했다. 물을 피하기에는 상기 옆이 더 나아 보였다. 커다란 몸집이 보호막으로 제격이었다. 통 넓은 반바지에 검은색 티셔츠, 그 위에 진초록 하와이안 셔츠를 걸치고 팔짱을 낀 채 쏟아지는 물세례를 덤덤하게 견디며 서 있는 상기. 나는 체구가 큰 녀석이 가슴을 꽉 누른 채 팔짱 끼고 서 있는 모습에 웃음이 났다. 가슴이 혹이라더니 잘도 안고 있군.

파도 풀에서 몸은 내 의지와 상관없이 제멋대로 흔들리다 물속으로 고꾸라졌다. 눈을 부릅뜨고 덤벼도 물을 이길 수 없었다. 너무 신나 웃음이 그치지 않았다. 수연에게 이 순간을 실감 나게 전해야지 생각하다 공부에 방해될 것 같아 접었다. 한참 기다려 탄 슬라이드도 '좋아요' 버튼을 수십 번 누르기에 부족함이 없었다. 수중 놀이 기구를 이용하면서 '기다림은 길고, 쾌락의 순간은 짧다'는 걸 새삼 깨달았다. 상기를 끌어들이는 과정이 힘들었지만 오길 잘했다는 생각이 들었다.

부메랑고를 타기 위해선 더 많은 인내가 필요했다. 까마득하던 줄이 한 시간이 지나고 나니 우리 앞에 서너 팀만 남았다. 하은이 내 귀에 대고 속삭였다.

"영라야, 나 그거 하는 것 같아. 그냥 내려가자."

나는 귀를 의심했다. 한 시간 넘게 기다렸는데 갑자기 내려가자고 하니 무슨 일인가 싶어 하은을 쳐다보았다. 겁을 먹은 표정이었다. 나는 재빨리 수호의 어깨를 두드리며 말했다.

"하은이 무서운가 봐, 안 탄대."

수호가 하은을 쳐다보는데, 하은이 날 보며 소리를 질렀다.

"야, 넌 친구도 아니야."

그러고는 뒤도 안 돌아보고 가 버리는 바람에 주위 사람들이 모두 나를 보았다. 나는 내려가는 수호를 불러 세우고 하은을 쫓아갔다. 사람들을 의식하며 하은의 이름을 크게 불렀다. 계단마다 서 있는 사람들을 보며 나는 부메랑고를 타겠다고 한 시간 넘게 기다린 게 못내 아쉬웠다. 오늘은 영영 못 탈 놀이 기구였다.

편의점에서 나온 하은과 나는 바로 화장실로 갔다. 나는 진심을 다해 사과했다.

“말을 제대로 했어야지.”

“수호 앞에서 날 놀리려고 그런 거지? 그거 한다고 몇 번을 말해?”

“그게 그건지 어떻게 알아? 그냥 생리한다고 말하면 되잖아.”

“엥? 넌 그거 할 때 ‘나 생리해’ 그러냐?”

“응. 난 확성기 틀어 놓고 ‘생리해’ 말하고 싶다.”

“뭐야? 너 아직도 안 해?”

하은이 놀란 눈으로 나를 보는 것도 잠시였다. 좋을 때라며 안 할수록 좋은 게 생리라며 생리의 단점을 줄줄이 읊어 댔다. 하은이는 결코 내 속을 알 수 없을 것이다. 생리통으로 배를 움켜쥐고 데굴데굴 구르더라도 생리를 하고 싶은 내 마음을 절대 모른다. 아무리 죽을 만큼 아프다 해도 죽지는 않을 테고, 하고 싶어 해도 하지 않으니 나는 미칠 노릇이었다. 나의 생리 예찬론을 들으면 하은이 뭐라고 할까 싶어 툭 내뱉었다.

“좋은 줄이나 알아. 하늘이 주신 복이야.”

하은이 손가락 하나를 귀에 대고 뱅뱅 돌리며 나를 이상한 사람으로 보았다. 하은이 포장된 상자를 뜯더니 하나를 꺼내

비닐을 벗겼다. 가운뎃손가락 크기만 한 하얀 플라스틱 기구는 말로만 듣던 탐폰으로, 실물로 보기는 처음이었다. 플라스틱 한쪽 끝에 실이 달려 있는 게 신기했다.

"이걸 몸 안에 넣고 실을 잡아당기면 돼."

하은이 설명했지만 이건 뭐고 당기는 건 또 뭔지 알 수 없어 머릿속으로 상상했다. 탐폰을 생식기 안에 집어넣는 것도, 하얀 솜뭉치에 생리혈이 흡수된다는 것도, 그것을 몸에서 꺼낸다는 것도 머릿속에서 착착 그려지지 않았다.

화장실 칸으로 들어가는 비키니 차림의 하은을 보면서 늘씬한 몸매보다 생리하는 친구의 뒷모습이 그렇게 부러울 수가 없었다. 내가 변태인가 생각하다 화장실 한가운데 서서 탐폰 상자에 그려진 그림을 유심히 들여다보았다.

워터 파크를 다녀와 가방 정리를 하다가 탐폰을 발견하고는 괜히 쑥스러워 웃었다. 하은 몰래 하나 챙겨 온 거였다. 보는 사람이 없는데도 방문을 잠그고 요리조리 살피다 비닐을 벗겼다. 미리 연습해서 나쁠 건 없겠지. 팬티를 내리고 아래를 더듬어 플라스틱 기구를 구멍에 대고 밀어 넣었다. 긴장해서인지 구멍을 찾는 손길이 더듬거렸고, 탐폰을 밀어 넣는 것도 쉽지 않았다. 기분이 나빴지만 익숙하지 않은 탓이라 생각하며 여러 차례 손을 움직인 끝에 간신히 집어넣고 실을 잡아당겼다. 손에 그대로 들려 있는 기구를 보는데 손가락처럼 기다란 하얀 솜뭉치가 플라스틱 위로 삐져나와 있었다. 한숨이 나왔다. 탐폰을 제대로 다룰 줄 모르는 열일곱 살은 나밖에 없을 것 같아 한심스러웠다.

때때로 팬티에 생리대를 부적처럼 붙이고 다니기도 했다. 간절히 바라면 닿는다는 말이 딱 들어맞기를 바라며 기적처럼 하얀 면 질감의 뽀송한 그 위에 한 방울의 피라도 묻기를 바랐다. 그러나 그런 날은 오지 않았다. 한 달에 한 번 하는 생리를 친구들은 거추장스러워하며 꺼렸지만 나는 애타게 기다렸다. 몸 안에서 꽃이 피어나 붉은 씨앗을 툭툭 털어 내길 간절히 바랐다. 하지만 내가 여자로 거듭나는 걸 시샘하는 여신의 계략인지 아직 기회가 오지 않았다.

낮은 책장 위에 올려놓은 화장품과 잡동사니가 섞여 있는 틈에서 길쭉하고 하얀 바르마가 눈에 들어왔다. 말랑말랑하고 부드러운 발음 교정기를 입에 물고 방송부에 들어가려고 열심히 연습하던 중학생 시절이 떠올랐다. 뭐든 하려고 나서던 예전의 내가 그리웠다. 고등학교에 올라와서는 열정이 사그라들었는지 방송부는 지원도 하지 않았다.

'바르마, 이젠 발음 말고 이 언니의 생리 좀 도와줘. 탐폰 대신 이걸로 넣는 연습을 하는 거야.'

생식기 안으로 천천히 바르마를 넣었다. 씻을 때가 아니면 만져 본 적 없는 곳 깊숙이 바르마를 밀어 넣었다. 이런 이물스러운 것을 넣는 게 꺼림칙해도 생리만 할 수 있다면 이건 노력 축에도 들지 않는다고 스스로 다독였다. 탐폰보다 부드럽고 말랑말랑해 몸의 긴장을 내려놓으니 천천히 안으로 들어갔다.

나는 인터넷에서 생리에 좋다는 것은 다 찾아보았다. 몸을 따뜻하게 해 주며 통증 완화에 좋다는 생강, 대추, 루이보스, 캐모마일, 히비스커스를 뜨거운 물로 우려 마셨다. 입맛에 딱 맞는다거나 취향이라기보다 순전히 생리를 하기 위한 나만의 노력 레시피다. 잠들기 전에는 창문을 활짝 열어 달의 기운을 방 안으로 불러들인 뒤 뒤돌아 다리를 벌리고 상체를 굽힌 채 달을 향해 엉덩이를 높이 세우는 의식을 함으로써 자궁에 힘이 차게 했다. 또한 머리부터 어깨, 허리, 배, 허벅지, 다리까지 온몸을 툭툭 치면서 피가 돈다는 말을 999번 되풀이했다. 이건 인터넷에 떠도는 게 아니라 엄마가 취재차 간 아프리카에서 직접 보고 알려 준 비법이다. 어린 여성들이 성인식에서 우주의 기를 받아 생리를 불러들이고 생리통을 완화하는 방법이라고 했다.

도저히 잠이 오지 않아 몸을 뒤척이며 뜬눈으로 밤을 보냈다. 몸 안에 들어간 바르마가 내가 눕는 대로 오른쪽, 왼쪽으로 움직이는 게 신경 쓰였다. 어쩌자고 바르마를 몸에 쏙 집어넣어 꺼낼 수도 없게 했는지, 나 자신이 죽도록 원망스러웠다. 어둠 속에서 침대에 누운 채 휴대폰으로 근처에 갈 만한 병원을 찾아보았다. 도저히 학교에서 버틸 자신이 없어 결석하고 싶지만 아빠 눈치를 피할 자신이 없었다.

종일 보건실에 누워 있었다. 하교하자마자 상기를 데리고 병원으로 향했다. 상기는 카페 문을 열어야 한다며 안 된다고 했지만 나는 꼭 같이 가야 한다며 협박했다. 전철과 버스를 갈아타며 찾아가는 동안 그곳이 인터넷에서 꽤 유명한 병원이라는 말만 강조했다. 정작 병원에 왜 가는지는 이야기하지 않았다. 상기가 오래된 친구라서 이해해 줄 거라고 믿었다.

소중한 아이 산부인과 의원.

병원 간판을 보자 상기는 얼굴이 빨개지더니 고개를 흔들며 발길을 돌렸다. 나는 상기에게 '여기가 해답'이라고 힘주어 말한 뒤 커다란 상기의 몸을 밀며 병원 안으로 들어섰다. 몸에서 땀이 비 오듯 쏟아졌다. 쑥스러워하는 상기를 의자에 앉히고 접수대로 갔다. 간호사가 마지막 생리일을 물었다. 기어드는 목소리로 아직 안 한다고 하자 이것저것 끈질기게 물어 곤혹스러웠다.

진료실 앞 대기 의자에 나는 나대로, 상기는 상기대로 어색하게 앉아 있었다. 진료실에서 나온 간호사가 내 이름을 불렀다. 나는 상기를 끌고 안으로 들어갔다. 여자 의사가 나를 본 뒤에 상기를 턱으로 가리키며 말했다.

"보호자?"

고개를 숙인 채 어쩔 줄 몰라 하는 상기 대신 내가 나섰다.

"선생님, 얘가 좀 급하거든요. 상기야, 홍상기."

"무슨 일인데? 여긴 여자들 진료 보는 곳인데."

"그게 얘 가슴이 좀라, 아니 아주 많이 커서요."

나는 옆으로 몸을 틀고 앉은 상기의 가슴께를 가리키며 말했다. 딸기처럼 새빨개진 상기 얼굴은 외면했다.

"가슴? 어디 보자."

의사 말에 상기가 굽은 등을 펴 셔츠의 단추를 풀었다. 행동이 느려 터져서 아래 단추 두 개는 내가 풀어 주었다. 두툼한 뱃살 위에 얹어진 볼록 솟은 가슴을 의사가 만졌다. 상기는 민망한지 얼굴을 돌린 채 입술을 깨물었다.

"호르몬 과다 분비, 운동 좀 많이 해야겠다."

몸을 움직여 살을 좀 빼면 가슴도 지금보다 줄어들 거라는 의사의 말에 상기의 얼굴빛이 서서히 바뀌었다. 5분도 안 되어 상기는 진료를 마쳤다.

"다음엔 비뇨기과로 가면 돼."

"네."

상기가 얼굴을 붉히며 진료실을 나간 뒤에 나는 재빨리 문을 닫고 다급하게 말했다.

"선생님, 좀 빼 주세요."

"응?"

복잡한 표정으로 쳐다보는 내 눈빛에 의사는 눈을 깜박이며 컴퓨터 자판을 두드리기 시작했다.

“이렇게 자주 처방받으면 문젠데, 나이도 어린 애가.”

“전 처음인데요.”

나는 당황했다. 태어날 때 빼고 산부인과는 처음 왔는데 무슨 말인지 어리둥절했다.

“기영란 아니야?”

“기영라요, 열라 아니고 영라.”

“나팔 나? 소라 라?”

“임금님 수라상의 라요.”

한자 뜻풀이를 말하자 의사가 이름을 수정하며 사과했다. 나는 괜찮다며 긴장을 떨쳤다. 의사가 말한 기영란이라는 이름을 떠올리니 연예인이 생각났다. 나와 동갑인 기영란은 누굴까? 나와 받침 하나 다른 아이를 생각하느라 정작 의사의 질문에 답을 하지 못했다.

“일주일에 자위는 몇 번 하냐고.”

목소리가 너무 커서 깜짝 놀랐다. 나는 얼굴이 확 달아올랐다.

“저는 탐폰 넣다가, 아니…….”

“탐폰?”

“아직 생리가 안 나와서 뚫어 보려고 바르마, 그게 발음 교정기를…….”

설명을 제대로 하지 못하고 횡설수설하자 상태를 한번 보자고 했다. 진료실 옆 커튼으로 가린 곳에 들어가 입고 있던 옷과 팬티까지 벗고 고무줄 치마로 갈아입었다. 진료 의자에 어정쩡하게 앉으니 간호사가 다리를 고정대에 올리라고 했다. 나는 통닭처럼 다리를 벌리고 누웠다. 그 꼴이 우스웠다. 이 무슨 개망신! 다리 위로 벌레가 기어가는 느낌이 들어 애꿎은 허벅지를 꾹 눌렀다. 아래쪽으로 내려오라는 지시에 주춤거리며 등을 아래로 밀었다. 의사가 불빛을 비추고 들여다보는 동안 나는 고개를 옆으로 꺾고 팔로 눈을 가렸다. 상처가 났다며 아프지 않냐고 묻는데, 아픈 건 모르겠고 창피하기만 했다. 생리만 나온다면 상처 따위는 문제도 아니었다. 할머니와 엄마의 손길 외에는 닿은 적이 없는 내 몸. 그나마 열 살이 지나고는 혼자 씻고 닦아 오로지 나만 아는 내 몸, 생식기였다. 그곳에 핀셋 같은 차가운 기구가 닿을 때마다 몸이 움찔거렸다. 이물스럽고 불편해 신음이 새어 나오는 입을 손으로 틀어막았다.

"조금만, 아니 조금 더 참아야겠다."

의사의 말을 포근한 이불 삼아 손으로 입을 꽉 막고 참았다.

'왜 바르마는 넣어서, 왜 탐폰은 가져와서, 왜 수영장에 가서, 왜 생리는 안 해서, 왜 여자로 태어나서…….'

뒷걸음질 치듯 모든 게 다 후회되었다. 후회한다고 달라지는 건 없는데 바보같이 진료 의자에 누워 생각에 잠겼다. 아빠는 튼실한 4.8킬로그램 아기를 안고 사내아이인지 의심했다는데, 엄마는 제발 예쁘게 키워야겠다고 다짐했다는데. 엄마도 이런 곳에서 나를 낳은 걸까.

핀셋이 몸 안에 닿는 느낌이 말할 수 없이 서늘했다. 끅! 장갑 낀 의사 손에 분비물이 묻은 지저분한 바르마가 들려 있었다. 나는 눈살을 찌푸리며 저걸 입에 걸치고 혀를 아래로 내린 채 '아아아아녀하세요, 기여라이니다' 발음 연습을 하던 내 모습을 떠올렸다. 우웩!

"몸 안에 넣는 건 그 무엇도 위험해, 뭐가 됐든. 자궁은 우리 몸의 보물 창고야."

"……."

"호기심으로 자위하면 어찌 되는지 알겠지?"

"자위가 아니라 생리를 하고 싶었다고요."

나도 모르게 목소리가 불꽃처럼 튀었다. 물에 빠진 사람 건져 주니 보따리 내놓으라는 격인가? 아니다. 오해를 이해로 바꿔 놓고 싶었다. 생리를 간절하게 바라는 내 마음을 의사에게 알리고 싶었다.

"그럼 자학한 거야? 자기 몸에?"

의사는 휴지통에 바르마를 버리고 장갑도 벗어 던진 뒤 손을 씻었다.

"선생님, 저 여자 맞나요?"

미처 준비도 안 된 말이 튀어나와 순간 놀랐다. 의사가 책상으로 돌아가고, 나도 진료 의자에서 내려왔다. 옷을 갈아입으며 생각했다. 생리도 안 하고 가슴도 작고, 남자에게 관심도 없는 내가 한 번씩 꺼내 보는 생각. 나는 여자인가 남자인가 아니면 중성? 혹시나 하고 나를 의심한 적이 간간이 있다. 그런데 내 정체성과 성적인 고민을 이렇게 두서없이 쏟아 낼 줄은 나도 몰랐다. 나는 의사 책상 앞으로 가 앉았다.

"아무 문제 없어, 노 프라블럼! 자연스러운 거야."

의사는 단호하게 말하며 자판을 두드렸다. 조급해하지 말고 기다리라고, 좀 불안하다 싶으면 엄마와 함께 와서 검사를 받아 보라고 했다. 예전에 엄마가 해 준 말과 똑같아 놀랐다. 머쓱하게 인사하고 진료실을 나왔다.

산모가 이동 침대에 실려 수술실로 들어가고 있었다. 바르마를 꺼내면 몸이 날아갈 듯 가벼울 줄 알았는데 그렇지도 않았다. 상기가 보이지 않아 휴대폰을 열었다.

'길 건너 분식집, 먹고 또 먹고에 있음.'

문자를 보고 병원을 나서면서 고개를 갸웃했다. 산부인과에서 아기 울음소리가 들리지 않는 게 신기했다.

"학교 다녀왔습니다."

내 인사에 거실에 있는 초등학생들이 일제히 아는 체했다.

"왔어?"

"응."

"누나 왔다."

"언니구나."

"'응' 이라고 대답한 녀석 누구야?"

나는 3층까지 올라오느라 흘린 땀을 털어 내듯 크게 소리쳤다. 시끌시끌하던 아이들이 이내 조용해졌다. 수학 문제를 설명하던 초등부 선생님이 손을 흔들며 인사했다. 나도 들고 있던 컵을 흔들어 보였다. 플라스틱 컵에서 달그락거리며 얼음이 부딪치는 소리가 제법 시원한 여름 노래 같다. 현관 밖으로 튕겨 나간 신발을 집게로 들어 안으로 밀어 넣고 현관문을 닫았다. 실내는 에어컨을 켜 놓아 쾌적했다. 조금 있으면 아이들 속을 뒤집어 놓을 치킨 냄새가 1층에서 올라올 것이다. 아이들은 그 냄새를 핑계 삼아 아빠를 조를 게 뻔하다. 이곳은 내가 나고 자란 집이면서 동시에 아빠의 직장 '기똥찬 수학학원'이다.

아빠는 안방에서 통화하고 있었다. 침대 끝에 걸터앉아 이마를 문지르는 아빠의 표정이 꽤 진지했다. 커피만 건네고 나가려다 아빠가 하는 말을 듣느라 그대로 서 있었다.

"영재야, 너무 고민 안 해도 돼. 자연스러운 거야. 아빠가 전자책 보낼 테니 열어서 봐. 때가 된 거고 자연스러운 거야."

아빠는 휴대폰에 대고 살갑게 뽀뽀를 하고는 버튼을 눌러 껐다. 나는 얼굴을 찡그렸다.

“폰이 보통 더러운 게 아닌데.”

아빠는 내가 하는 말을 튕겨 받았다.

“통화하는 동안 이건 폰이 아니라 내 아들 영재거든.”

“으윽…….”

아빠는 내가 들고 있는 컵을 가져가더니 뚜껑을 열어 찬 커피를 단숨에 마셨다. 예전처럼 동생과 다시 지지고 볶고 살 일을 생각하니 머리가 지끈거렸다.

영재는 엄마와 함께 중국에 있다. 중학생이 되어 자유 학년이라 시험도 없고 진로 체험 위주여서 가능한 일이었다. 엄마는 잘나가는 다큐멘터리 제작자다. 몇 년 전에는 일본과 싱가포르, 중국, 몽골 지역을 돌면서 ‘아시아 음식 기행’이라는 연속 기획물을 만들어 방송 대상을 받았다. 이번에는 ‘4차 산업 혁명이 바꿔 놓을 아시아 시장’을 찍는다며 1년 계약으로 중국에 갔다. 영재는 그곳에서 종일 영어로 진행되는 수업을 듣고 있는데, 나한테 몇 번 문자로 불만을 토로하기도 했다.

‘누나, 차이나에 오니 진짜 차이 나.’

나는 어쩌니 하면서 울상 이모티콘을 함께 보냈다. 신난다고 따라갈 때는 언제고? 이 말은 속으로만 했다. 그게 벌써 두 달 전 일이다.

"하, 자식! 그새 컸네."

아빠가 빈 플라스틱 컵을 내게 건네며 말했다.

"많이 힘들대요?"

아빠가 놀란 표정을 지었다.

"알고 있었어?"

나는 고개를 끄덕였다. 우리가 티격태격 싸우긴 해도 그래도 내가 누나 아니냐며 외국 생활에 힘든 동생 사정을 누구보다 잘 아는 척했다.

"아빠, 걔 힘들면 그냥 들어오라고 해. 엄마 일에도 방해만 돼."

"뭐 방해까지, 영재가 너한테 진짜 말했어?"

"당연하지. 공부 피하러 중국 갔다가 영어라는 산을 만났으니, 노는 것도 아니고."

"응? 아, 하하하."

아빠가 너무 크게 웃는 바람에 나는 겸연쩍었다. 아빠를 째려보며 이유를 물었지만 아빠는 웃음을 그치지 않았다. 웃음의 비밀은 늦은 밤이 되어서야 알게 되었다.

수업을 마친 아빠가 식탁에 앉아 맥주를 마시며 나를 불렀다. 영재가 중국 생활을 잘하고 있다며 누나가 부러워할까 봐 영어 핑계를 댄 거라고 했다. 아빠한테는 동생의 처지를 이해하는 척 괜찮다고 말했지만 이상한 배신감이 들었다. 거짓말까지 할 필요가 있었을까? 아빠는 지금 동생이 성적 변화 과정을 겪으며 몸과 마음을 의심하고 불안해한다고 했다.

"성적이 올랐어? 아, 많이 떨어졌다고?"

"성적인 변화, 제2차 성징."

"?"

"몽정한다고."

"……."

"자는 동안 성기에 힘이 쏠려서 정액이 배출되는 게 겁이 난대. 자연스러운 현상이잖아. 여자들이 한 달에 한 번 생리해서 힘든 것처럼……. 참, 너 아직도 안 하니? 병원 가 봐야 하는 거 아니야?"

"아, 아빠!"

아빠는 이야기에 취하면 너무 나가 버리는 게 문제다. 나는 머리가 몽롱해졌다. 몽정을? 어린 동생이? 먼 나라에서? 그것도 밤마다? 동생 모습이 떠올랐다. 시큼한 요구르트 냄새를 풍기며 누나, 누나 하던 아이가 몽정이라니. 나는 도무지 믿어지지 않았다. 아니 그려지지 않았다.

"자연스러운 거야, 컸다는 거고."

아빠는 맥주잔을 비우며 말했다. 나는 슬그머니 일어났다. 아빠가 뭔가 아는 눈빛 같아 불편했다.

"너도 영재도 이제 다 컸네. 엄마하고 통화는 자주 하니?"

나는 고개를 끄덕이고 방으로 돌아왔다.

"언제든 말만 해. 아빠가 병원 같이 가 줄게."

닫힌 문 너머에서 아빠가 하는 말이 또렷하게 들렸다. 나는 길게 숨을 내쉬었다. 이미 갔다 왔거든요! 말로는 못 하고 가슴을 둥둥 쳤다. 남동생과 아빠처럼 나도 엄마한테 몸에 대한 고민을 털어놔야 하는 게 아닌가 생각했다. 작년에 생리를 안 한다고 엄마한테 말했을 때 때가 되면 할 거라며 엄마는 대학 입시 앞두고 시작했다며 자랑처럼 말했다. 인간의 몸은 각자 고유의 생체리듬에 맞춰 움직인다며 딸을 안심시키는 엄마가 무심해 보여 입을 다물었다. 그렇다고 몸에 대한 고민을 아빠에게 털어놓자니 못 할 말인 듯해 또 입을 닫았다.

불안해하지 말자, 언제든 그것은 한다, 나는 여자이기에 반드시 할 거라는 다짐 같지 않은 다짐을 하며 온몸을 툭툭 쳤다. 피가 돈다 피가 돌아, 피가 돌면 피가 돌다 피가 나오느니라 주문을 외며 잠을 청했다.

어수선한 교실에서 멍하니 앉아 있을 때 하은이 들어왔다. 파도 풀에서 놀던 허우적거리는 자세로 팔을 흔들어 보였다. 하은이는 본체만체 고개를 돌려 자기 자리로 가 버렸다. 황당해서 하은에게 다가가 투덜댔다.

"야, 뭐야?"

"뭐?"

"보고도 쌩!"

"너 친구 맞아?"

수영장에서 발악하던 하은이 떠올랐다.

"또 왜?"

"그렇게 안 봤는데 아주……."

내 앞에서 휴대폰 화면을 빠르게 훑어 내리다가 멈추었다.

"뭐라고 변명 좀 해 보시지?"

하은이 팔짱을 낀 채 쳐다보았다. 산부인과 병원 앞에서 당황하며 돌아서는 상기와 낑낑대며 붙잡는 곤란한 표정의 내 모습이 찍혀 있었다. 이게 무슨 일인가 싶어 그대로 얼어붙었다. 누가 나를 감시하나 하는 생각도 들고, 산부인과 간판이 유난히 크게 나온 사진을 보니 숨이 막혔다.

"할 말 없어?"

"이 사진 어디서 난 거야?"

"겨우 그 말이니?"

하은의 빈정대는 말투에 딱히 할 말이 떠오르지 않았다. 콧김만 쉭쉭, 휴대폰만 쏘아 보았다. 눈만 하트 모양으로 가려 놓았지 딱 봐도 나와 상기였다. 커다란 몸집의 상기와 그의 가슴팍에도 못 미치는 마른 체구의 나. 상기를 붙잡고 있는 내가 너무나 절박하고 애틋해 보여 봐줄 수가 없었다. 누구라도 그렇게 봄 직한 몸짓이고 표정이었다. 산부인과 앞이라서 더 실감났다. 힘없이 내 자리로 돌아오자 하은이 득달같이 달려와 퍼부었다.

"나한테는 비키니가 야하네, 수호한테 너무 안기네, 나댄다며 조심하라 하고선 넌 곧장 산부인과야?"

하은의 폭탄 발언에 친구들이 몰려들었다. 나는 어디서부터 말해야 할지 감을 잡을 수 없어 인정하기로 했다.

"그래, 생리 좀 하려고 산부인과 갔다. 근데 그런 사진이 떠돌면 날 의심할 게 아니라 사진의 출처를 먼저 따져 봐야 하는 거 아냐? 같이 워터 파크 가서 너 생리한다고 부메랑고도 안 타고 화장실까지 따라간 친구한테 이래도 돼?"

걷잡을 수 없는 감정에 나도 모르게 쏟아 냈다. 옆에 있던 친구가 아직도 생리를 안 하냐고 물었지만 대답하지 않았다. 하은이 입을 비죽이며 학원 단톡방에 올라온 사진이라며 변명하듯 말했다. 넋 놓고 앉아 있는데 담임이 들어왔다. 다들 자리로 돌아갔다.

방학식 날인데 마치 쓰나미가 지나간 현장 같았다. 도대체 누가, 왜? 아, 누구냐고! 속을 끓이다 상기와 나는 각자의 고민을 해결하고 왔으니 당당해도 된다고 마음을 토닥였다.

푸른빛의 여름밤이었다. 한낮의 열기가 가라앉아 움직이기에 쾌적했다. 초등학교 운동장에는 동네 사람들이 나와 배드민

턴도 치고 축구도 하는 그림 같은 저녁 풍경이었다. 역시 방학은 좋다. 상기가 숨을 헐떡거리며 달리던 걸음을 늦추었다. 뒤에서 힘내라고 외치면서 오늘의 소란을 털어 내기 위해 상기와 보조를 맞추며 달렸다. 달린다고 말하기 무색한, 조금 빠르게 걷는 수준이었다. 상기 다리에 모래주머니가 매달려 있었다. 상기 얼굴에서 땀이 비 오듯 떨어졌다. 도저히 땀이라고 생각되지 않는 굵은 물방울이었다.

"부지런히 뛰면 가슴이 들어가고 근육질로 다져진 단단한 남자가 되겠지?"

상기가 느물거리며 말했다. 이마에서 흘러내린 땀방울이 눈으로 들어가 따가웠다. 이번 여름은 이렇게 뛰어 보자 각오를 다지며 걸었다.

"다 좋은데, 너 그것도 해야겠다."

"뭐?"

"스포츠 브라."

"뭐?"

"나이키 거 좋아."

가뜩이나 가슴 때문에 운동하는 아이한테 할 소리는 아니었지만 놀려 주고 싶었다. 그래야 더 열심히 뛸 테니까. 스포츠 브라를 선물해 주겠다는 말에 상기는 헤벌쭉 웃었다. 그 참에 나는 답답한 마음을 이야기했다.

"상기야, 병원 앞에서 우릴 찍은 사람은 누굴까?"

상기는 웃음을 거두었다.

"우릴 누가 보긴 본 거잖아. 아, 진짜 죄짓고는 못 살겠다."

탐정처럼 상황을 더듬어 나가는 내 발걸음이 어느 사이 꼬여 버렸다. 그 자리에 풀썩 주저앉았다.

상기는 진료실을 나서며 중2 때 같은 반이었던 여자애와 마주쳤다고 했다. 상기에게 사귀자고 했지만 거절했다는, 키도 크고 아이돌 가수처럼 예쁘게 생긴 아이라고 했다. 한 달에 한 번씩 남친이 바뀌는 여자애라 상기는 싫다고 했다. 상기는 예쁜 여자애의 프러포즈를 받았다는 우쭐함과 동시에 그냥 찔러나 본 건가 하는 생각에 기분이 나빴다고 했다. 그러고도 여자애는 바로 다른 남자를 만났으니까. 상기는 그 여자애를 욕하면서 머릿속에서 지워 버렸다고 했다. 그런데 병원에서 마주쳐 창피해 얼른 몸을 돌렸고, 병원을 나오자마자 눈에 띄는 분식집으로 들어갔다고. 내가 분식집에 갔을 때 상기는 무슨 진료를 그렇게 오래 보냐며 화를 냈었다. 내가 뭐라고 했더라? 불과 하루 전 일인데 까마득했다.

상기의 걸음이 모래주머니 때문인지 주춤주춤 멈출 듯 아슬아슬하게 앞으로 나아갔다. 나는 다 잊고 싶은 마음에 크게 소리쳤다.

"홍상기, 홍삼 먹어야겠네. 쓰러진다 쓰러져!"

순간 나는 그 자리에 그대로 멈추었다. 갑자기 무언가 아래로 흘러내렸다. 뜨뜻한 것이 오줌을 지리거나 방귀를 뀔 때와는 다른 느낌이었다. 뭐라고 할까. 마음속에 달려 있던 무거운 추가 쑥, 하니 내려가는 느낌이었다.

나는 가만히 서서 곰곰이 생각하다가 입을 틀어막고 배에 힘을 주며 숨을 끌어올렸다. 그러고는 천천히 걸었다. 이제 막 걸음마를 시작하는 어린아이처럼 한 걸음, 한 걸음. 자궁에서 보내온 신호에 열일곱 살의 나는 어떻게 대답하면 멋이 좀 나려나 생각하며 조심히 걸었다.

창밖은

맑음

써니가 다섯 명의 머리를 볶는 사이 경우에게 걸려온 전화는 아홉 통, 문자는 서른여섯 개였다. 오늘 만나기로 한 중학교 동창들 문자와 섞여 있어도 경우가 보낸 것은 눈에 띄었다.

'헤이, 써니! 바빠?'

'친구야, 전화 좀 받아라!'

'내 인생에 이래라저래라 해도 되는 거야, 아빠가?'

'도대체 난 어디 있는 거지?'

'사라지고 싶다, 일본이 아닌 다른 곳으로.'

축 처진 어깨를 하고 맥도널드에서 감자튀김을 쉴 새 없이 입으로 날랐을 녀석, 도수 높은 안경을 썼다 벗었다 하며 불안한 마음을 감추지 못해 튀긴 감자처럼 가느다란 다리를 덜덜 떨었을 녀석. 녀석이 보내온 일곱 장의 사진에 그 마음이 고스란히 드러났다. 경우가 키우는 고양이 세모, 네모, 동그라미의 변신이 그걸 말해 주었다. 염색약으로 세모의 등에 줄을 만들고, 네모는 점을 찍어 점박이로 변신시켰다. 동그라미의 눈 가장자리는 보라색으로 동그랗게 칠해 안경을 쓴 것처럼 보였다. 고양이의 변신은 무죄라지만 지독한 염색약 성분을 생각하면 경우네 고양이들은 미용을 가장해 학대받고 있었다.

그렇게 유학이 가기 싫을까? 써니는 일본으로 유학 가는 경우가 부러워 마음이 파도처럼 일렁였다. 그렇다고 대놓고 부럽다거나 잘됐다고 하면 그건 경우에게 경우가 아니어서, 어쩌니? 하는 문장을 대체할 단 하나의 이모티콘을 고르는 사이 슈퍼 아줌마가 들어왔다. 의자에 줄줄이 앉아 있는 손님들에게 인사를 건네느라 시끄러웠다.

"휴가 간 줄 알았는데 다들 여기 있네? 써니 사장, 나도 파마."

"영업 끝났어요."

써니는 휴대폰을 앞치마 주머니에 넣으며 가게 앞으로 걸어가 문에 붙은 종이를 떼었다.

'오늘만 파마 반값 할인, 3시까지'

"한낮인데 뭔 소리야?"

슈퍼 아줌마가 의자에 앉아 있는 쌍둥이 엄마의 어깨를 밀치며 내려가라고 했다. 쌍둥이 엄마가 어정쩡하게 몸을 일으키자 써니는 쌍둥이 엄마를 눌러 앉히고 로드를 풀기 시작했다.

"안 돼요."

"좀 해 줘. 배달이 밀려서 늦은 거야."

"약속 있어요. 시계 좀 보세요."

벽에 걸린 시계가 5시를 향해 가고 있었다. 슈퍼 아줌마는 오늘 꼭 머리를 하겠다 하고, 정육점 아줌마는 돈 많은 슈퍼는 다른 날 하라며 한 소리 했다. 부녀회장은 좋은 게 좋은 거라며 슈퍼를 거들었다.

써니의 콧바람이 쌍둥이 엄마 목덜미에 닿았는지 거울 속 쌍둥이 엄마의 눈이 불안해 보였다.

"잘 나왔어요. 베리 굿!"

써니가 환하게 웃으며 건넨 말에 쌍둥이 엄마는 거울을 보며 고개를 이리저리 돌렸다. 써니가 돌돌 말린 머리카락 안으로 굵은 손가락을 집어넣어 밖으로 훑어 내렸다. 1년은 머리 걱정 안 해도 되겠다는 정육점 아줌마의 말에 쌍둥이 엄마는 화사하게 웃었다.

써니는 동네 아줌마들을 상대로 미용실을 운영하는 게 맞는지 고민되었다. 그래 봐야 엄마가 운영하는 부동산 사무실 한구석에 전신 거울과 미용 의자 세 개를 놓은 게 전부인데, 조만간 다가올 스무 살 청춘이 동네 아줌마들의 수다에 묻혀 흘러가 버리지나 않을까 불안하고 초조했다.

"내가 얼른 머리 감았어. 잘했지?"

슈퍼 아줌마가 수건을 풀며 젖은 머리를 써니 앞으로 내밀었다. 때마침 앞치마 주머니에서 진동이 길게 이어졌고, 써니의 마음도 부글부글 끓어 넘쳤다.

"아이 씨, 안 돼요. 친구들이 기다린다고요."

약속 장소에 도착했을 때 친구들은 식사를 마치고 후식으로 나온 매실차를 마시며 수다에 열을 올리고 있었다. 친구가 안 왔는데 밥이 잘도 넘어갔겠다. 써니는 친구들에게 밥을 사주려던 마음이 쏙 들어갔다. 현아가 인사랍시고 입을 뗐다.

"민선이는 안 본 사이에 사이즈가 더 늘었네."

"너 그 말투 학교 친구들 사이에서 안 까이니?"

현아 말에 채연이 발끈했다. 써니가 뭐라고 대꾸할 틈도 없었다. 요즘 들어 일하고 먹고 자기만 했으니 현아 말은 사실이었다. 채연이 써니 앞에 콩불 접시를 내놓아 고맙다고 하자 현아가 대뜸 남은 거라고 말했다. 그러자 채연이 미리 덜어 놓은 거라고 받아쳤다. 둘이 서로 못 잡아먹어 앙앙거리는 게 중학교 때와 똑같았다. 써니는 옛날 친구들이 맞구나 싶어 웃음이 나왔다. 매운 양념에 버무려진 콩나물과 돼지고기를 허겁지겁 먹었다.

지은이 휴대폰을 내려놓으며 가현이가 못 온다고 했다. 시험 결과가 엉망이라 엄마가 방문을 잠가 버렸다는 말에 현아가 몇 등인데? 하고 물었고, 채연이 그래도 5등 안에는 들겠지, 하고 말했다. 전교 22등, 지은 입에서 나온 말에 다들 눈이 휘둥그레졌다. 중학교 3년 내내 전교 1등을 놓친 적 없는 가현에게 전교 22등은 도대체 얼마만큼의 거리일까, 다들 가늠하지는 못해도 짐작은 했다. 친구들은 가현에게 없는 자유가 우리에게는 있다는 말로 서로 위로했다.

민주 이야기가 튀어나온 건 그즈음이었다.

"선주 말이야, 선주!"

아이들은 써니를 보았고, 써니는 껌처럼 씹고 있던 콩나물을 삼키며 자신을 가리켰다.

"아니, 예고 간 선주! 아니, 민주!"

말이 끝나기 무섭게 써니는 가슴을 팡팡 쳤다. 지은이 잽싸게 물컵을 써니 입에 갖다 댔다. 질긴 콩나물을 삼켜서가 아니었다. 민주 이야기라면 어느 때부터 써니는 늘 이랬다. 귀를 막든 멀리 도망가 버리든 해야 했다.

써니는 일어나 화장실을 찾았다. 뒤에서 친구들이 티격태격하는 소리가 들렸다. 왜 민선이 앞에서 민주 이야기를 꺼냈느냐며 누가 제일 먼저 시작했냐고 따지고 들었다.

써니와 민주는 중학교 내내 함께 붙어 다니던 베스트 프렌드로, 성도 같고 이름도 비슷해 종종 자매로 오해받기도 했다. 박민선, 박민주. 친구들은 둘을 하나로 묶어 선주로 불렀다. 뚱뚱한 선주는 써니, 마른 선주는 민주. 어울릴 것 같지 않던 둘이 친구가 된 건 미술부에서였다. 써니는 예술고 진학은 꿈도 꾸지 말라는 엄마 말에 취미 삼아 그림을 그렸고, 민주는 중1 때부터 예술고를 목표로 미술부와 화실을 오가느라 바빴다.

중3 때 미술 선생이 그러지만 않았어도 민주와 어긋나지 않았을 거라고 써니는 생각했다. 예술고를 포기하고 일반고와 특성화고 사이에서 갈등하는 써니를 보며 미술 선생은 무척 아쉬워했다. 하루는 써니를 불러 민주를 도와주라고 부탁했다. 그날 이후 써니는 예고 준비로 예민해진 민주를 다독이느라 애를 먹었다. 그때 미술 선생에게 대들지 못한 게 써니는 두고두고 분했다.

공모전에 제출할 작품을 고를 때도 미술 선생은 민주의 예고 진학에 도움이 될 거라며 써니의 그림을 흔들어 보였다. 일종의 통보였기에 그 앞에서 써니는 고개를 숙였고 커닝하다 걸린 학생처럼 한없이 불안했다. 민주도 눈을 껌벅이며 가만히 있었다. 한 달 후 학교로 상장이 전해졌고, 민주는 구령대 앞에 나가 디자인협회 회장의 이름이 새겨진 상장을 받았다. 그날 저녁 써니는 민주가 데려간 패밀리 레스토랑에서 스테이크를 씹으며 청정 호주의 고기 맛이 아닌, 이름을 바꾸고 얻어먹는 상장 맛을 제대로 보았다. 부드럽게 삼켰지만 몸 안 어딘가에 비밀스럽게 남겨진…….

도순 언니가 손가락을 쫙 펼쳐 보였다. 휴대폰 카메라로 양손을 번갈아 찍더니 써니에게 두 손을 한꺼번에 찍어 달라고 했다. 사진을 곧바로 블로그에 올리고 반응을 살폈다. 취향이 독특한 언니에게 화투 그림은 연달아 붙는 댓글처럼 마냥 신나고 재미난 이벤트였다.

'야, 만나서 보여 줘.'

'어디야? 나도 가서 할래.'

'타짜다 타짜.'

'동양화의 고전이 손끝에서 다시 태어났네.'

도순 언니의 블로그에 올라온 댓글을 보고 있으려니 써니는 기분이 둥실 떠올랐다. 기껏 손톱에 그림을 그렸을 뿐인데 이런 반응은 가히 절친감이다. 도순 언니 같은 손님을 만나면 써니는 자기 안에 예술적인 감각이 살아 있음을 느꼈다. 언니가 2만 원을 건네더니, 팁이라며 만 원을 더 얹어 주었다. 써니는 눈이 안 보일 만큼 활짝 웃었다.

한가롭게 라디오를 듣고 있는데 가게 문이 열렸다. 작은 키에 왜소해 보이는 남학생이 입구에 서 있었다.

"손님! 방 보러 왔어요, 머리하러 왔어요?"

"저, 방…… 구르다 왔는데요."

"계속 구르세요, 그럼."

경우였다. 도순 언니가 나가는 걸 지켜본 뒤 들어온 눈치였다. 경우가 햄버거 봉지를 내밀고 나서야 써니는 픽 웃었다. 코를 벌름거리며 봐줬다는 표정을 지었다.

미용학교에서 만난 경우는 학기 초에 써니의 커트 파트너였는데, 머리카락 절반을 쳐 내서 써니를 삭발녀로 만들어 놓았다. 경우는 갈 데가 없어 미용학교에 왔다고 해 써니의 기분을 극손상시키기도 했다. 소질도 없는 데다 남의 피부 노화를 걱정하고 두상을 연구하는 게 적성에 안 맞는다며 경우가 투덜거릴 때마다, 써니는 일이라는 게 본인이 즐거워야 하는 거구나 새삼 느꼈다. 경우가 아빠에 대한 불만을 털어놓을 때면, 써니는 도쿄 미용학교에 입학원서를 내 주는 아빠를 둔 경우가 부러웠다.

“이 누난 가고 싶어도 못 가. 넌 좋은 줄이나 알아.”

“가고 싶어야 좋지. 아니, 좋아야 가나?”

경우는 고개를 갸웃했다. 녀석은 항상 이런 식이었다. 본인 말에 대한 확신이나 자기 결정에 대한 책임감이 항상 2퍼센트를 뺀 나머지가 부족했다. 무려 98퍼센트.

“내가 대신 유학 갈 수도 없고, 참.”

휴지통에 햄버거 종이를 던지며 써니가 산뜻하게 분위기를 정리했다. 써니는 한 번도 본 적 없는 경우 아빠가 궁금했다. 무슨 아빠가 아들 일에 이리도 자상하냐고 써니가 말하면 경우는 대놓고 아빠에 대한 불만을 쏟아 내곤 했다. 아빠가 없는 써니는 세상이 참 불공평하다고 생각했다.

"여기로 정한 거야?"

부동산 사무실 한편에 차려 놓은 미용실 거울과 의자를 보고 그러는 건지 '써니 뷰티랩'이라고 걸어 둔 나무 간판을 보고 그러는지 경우가 큰 눈을 굴리며 꽤 진지하게 물었다.

"근사하지?"

"경력 쌓으려면 큰 데 가서 배우는 게 낫지 않아?"

"돈 되는 건 내 사업이야. 큰 데는 안 가!"

써니의 단호한 말투에 놀란 경우는 더는 묻지 않았다. 써니는 경우에게 미용실 면접 때마다 퇴짜 맞은 이야기는 차마 하고 싶지 않았다.

써니는 미용사 자격증을 고등학교 1학년 여름 방학에 땄다. 자격증만 있으면 바로 취업이 될 줄 알았다. 일찍 시작할수록 졸업한 뒤에 직장에서 확실하게 자리를 잡는다는 말에 부지런히 이력서를 냈다. 그런데 면접에서 서너 차례 미끄러지고 나니 기분까지 드러누웠다. 미용학교에서 성적도 우수하고 손놀림이 매끄럽다고 칭찬을 들었기에 자신감이 하늘을 찔렀는데, 어디에서도 연락이 오지 않자 의기소침해졌다. 오히려 써니보다 성적이 낮은 아이들이 취업은 더 잘 되었다. 써니는 이왕 두드릴 문이라면 제대로 된 곳을 가자고 독하게 마음먹고, 시내 한가운데 있는 '신세계 헤어월드'에 찾아갔다.

5층 건물을 통째로 쓰는 '신세계 헤어월드'는 은색 철제 골조로 반짝반짝 빛났다. 외관에서부터 압도하는 힘은 실내로 들어서는 순간 입이 벌어지게 했다. 우주 공간처럼 꾸며진 실내는 미용실이라고는 믿기지 않을 만큼 신세계적인 풍경이었다. 써니는 이런 데라면 날마다 신나게 배우고 익힐 수 있을 것 같았다. 우주인 복장을 한 직원이 누굴 찾느냐고 물었고, 원장님을 뵈러 왔다고 하자 써니를 위아래로 훑어보았다. 직원이 원하는 스타일을 물었다. 써니가 손님이 아니라 스태프로 일하고 싶어서 왔다고 하자 직원이 이력서를 놓고 가라고 했다. 그동안 이력서만 놓고 나온 미용실에서는 절대 연락이 오지 않았기에 써니는 직원을 붙잡고 여기에서 꼭 일하고 싶다고 사정했다. 직원이 안내 데스크에서 나와 써니를 사무실로 데리고 갔다. 써니는 뭔가 잘될 것 같은 예감이 들었다. 용기 있는 자만이 세상을 얻는다는 말이 떠올랐다.

'몸무게 43킬로그램 이하, 키 165센티미터 이상, 건강한 모발과 얼굴에 넘치는 미소.'

우주복을 입은 직원이 써니에게 건네준 종이에 그렇게 쓰여 있었다. 직원이 예외도 있다고 말했지만 써니는 갑자기 속이 답답해졌다. 호흡하기 곤란한 우주의 어느 별에 떨어진 것 같았다. 친구 중에 먼저 취업한 아이들은 실력은 별로인데 대부분 몸매가 날렵했다.

써니는 미용학교 성적도 우수하고 머리를 다루는 감각도 뛰어날 뿐만 아니라 선생님의 추천서도 받아 왔다고 용기 내어 말했다. 열심히 일할 열정도 있다고 덧붙일 때는 우람한 팔뚝을 드러내며 다부진 자세도 취했다. 써니의 이력서를 훑어보던 직원이 웃으며 그건 디자이너가 할 일이라며 스태프라면 '43킬로그램 이하, 165센티미터 이상'이라는 말로 써니의 열정에 찬물을 끼얹었다. 예외도 있다며? 사무실에 데리고 오지나 말 것이지.

혹시나 하는 마음으로 기다렸지만 역시나 '신세계 헤어월드'에서는 연락이 오지 않았다. 한참 지나 생각해 보니 미용실 이름이 너무 촌스러웠다. 신세계가 이미 하나의 세계인데, 거기다 또 월드라니. 자기들이 무슨 왕국이라도 되는 줄 아나 보지. 써니는 순전히 글자에 몰두해 '신세계 헤어월드'를 무시하고 조롱했다.

그 후 써니는 미용실 취업을 포기했다. 취업에 성공한 아이들도 오후 내내 빗자루를 들고 머리카락을 쓸어 담거나 손님에게 잡지책이나 차를 나르는 허드렛일을 한다고 했다. 머리 샴푸는 감지덕지, 수건 세탁에 손님 손가락 마사지나 하면서 하루를 마감한다고 했다. 아직 가위 들고 손님 머리를 커트한 친구는 한 명도 없었다. 거기에 비하면 써니는 그야말로 프로였다. 써니 손으로 자른 머리카락이 20킬로그램 종량제 봉투에 넘치고도 남았다.

휴가철이라 동네가 한산했다. 가게엔 아침부터 엄마와 써니뿐이었다. 집을 보러 오는 사람도, 머리하는 손님도 하나 없었다. 그나마 라디오에서 흘러나오는 사연과 노랫소리로 가게가 영업 중임을 알렸다. 동해로, 서해안 고속도로로, 남해안으로 달리며 사람들은 라디오 방송에 문자를 보내고 음악을 신청했다. 엄마와 써니는 가게에 앉아 남들이 보낸 사연과 노래를 들었다. 그것이 지금 해야 할 일인 것처럼.

"엄마, 딸 생일인데 뭐 없어?"

"5.2킬로그램 초우량아를 낳느라 고생했는데 넌 나한테 뭐 해 줄래?"

"광탄 계곡에 가서 백숙 먹자."

"백숙 같은 소리 한다. 작년에도 휴가 때 한 건 터졌어. 남들 놀 때!"

엄마가 컴퓨터에서 눈을 떼더니 써니를 쳐다보았다. 탁상 달력을 가리키며 말했다.

"월세 언제 줄 거야? 한 달 넘었다."

"정말 받겠다고?"

써니는 어이가 없었다. 엄마는 가게에 설치한 온수기와 샴푸 의자, 미용 기구를 들먹이며 장사해서 번 돈으로 갚으라고 했다. 이달 가게 운영도 적자라며 미용실 손님들 커피 마시고,

물 쓰고, 전기 써서 거덜 날 지경이라고 한숨까지 보탰다. 써니는 기가 막혀 말이 안 나올 줄 알았는데 입에서 술술 나왔다.

"내가 집 보러 오는 손님들 차 대접도 하고 방 보러도 데려가잖아. 거기다 집에 가면 밥도 하는데 기어이 월세를 받겠다고?"

무슨 엄마가 저러냐 싶어 써니는 화가 났다. 자꾸 부아가 치밀어 엄마에게 퍼붓기 시작했다.

"다른 엄마들은 자식 뒷바라지로 바쁘다는데, 하나뿐인 딸 원하는 미술도 못 하게 하고, 직업학교 보내서 가게라도 하는 게 대견하지 않아? 우습지도 않은 가게, 비워 주면 되잖아. 누군 기술 썩히며 동네 아줌마들 상대로 이러는 게 좋은 줄 알아? 여기 아니면 어디 갈 데 없는 줄 아느냐고!"

써니가 하늘 높은 줄 모르고 질러 대는 소리에 라디오조차 잠잠해졌다. 그 틈을 비집고 엄마도 지지 않고 한마디 했다.

"그 몸매를 어디서 받아 주기나 한대?"

순식간이었다. 써니가 눈물을 훔치는데도 걷잡을 수 없이 주르륵 흘러내렸다. 고장 난 수도꼭지처럼 주체할 수 없었다. 가족이 하나뿐인 가족에게 퍼붓는 악담. 무엇 때문인지 다 알면서, 그 말을 들으면 마음이 어떨지도 다 알면서 아무렇지 않게 하는 말은 폭력이었다.

초등학교 다닐 때였다. 학교가 끝나면 친구들은 교문 앞에서 기다리는 엄마 손을 잡고 집으로 돌아갔다. 써니는 고개를 빳빳이 든 채 아줌마들 얼굴에 눈도장을 찍으며 혼자 집으로 향했다. 아무도 없는 빈집에 들어가면 적막함이 싫어서 제일 먼저 텔레비전과 라디오를 켰다. 급식을 먹고 와도 늘 속이 헛헛했다. 친구들은 집에 가면 엄마가 만들어 주는 간식을 먹는다는데, 써니는 여기저기 뒤져 제 손으로 간식을 만들어 먹었다. 전자레인지에 돌리기만 하면 되는 냉동 피자, 끓는 물만 부으면 되는 컵라면, 캔에 든 짭짤한 햄과 참치에 마요네즈를 듬뿍 넣어 비벼 먹으면 우울한 마음이 사르르 녹았다. 텔레비전과 라디오가 친구가 되어 주는 집에서 써니는 분주하게 냉장고 문을 여닫으며 세상이 풍성해짐을 경험했다.

몸매? 몸매는 써니가 미용실 면접에서 떨어질 때마다 마음을 다잡을 생각으로 엄마 앞에서 관리 좀 해야겠다며 꺼낸 말이었다. 엄마가 이런 식으로 되돌려 주니 아군이 적군이 된 격이다.

"엄마 그러는 거 아니야!"

흐느낌 끝에 써니가 엄마에게 느낌표를 던졌다.

하필 그때 전화벨이 울렸다. 오늘 가게에 걸려온 첫 전화였다. 엄마도 써니도 전화를 받기에 좋은 목소리는 아니었지만 엄마가 수화기를 들어 '큰손 부동산'이라고 거의 외치다시피 했다.

"네? 뭐라구요? 네, 지금 갈게요."

호탕하던 목소리가 순식간에 다급하게 바뀌었다. 전화기를 내려놓자마자 엄마는 써니에게 가방을 챙기라고 했다. 눅눅한 마음을 달래 주기는커녕 행동이 느리다고 호통쳤다. 할머니가 몸이 안 좋다며 서둘러 일어났다.

차를 타고 30분을 달려 '숲속 요양원'에 도착했다. 써니가 거실에 들어서자 폭죽이 요란하게 터졌다. 테이블에 생일 케이크가 놓여 있었다. 요양원의 일등 미용사인 써니의 생일을 축하하는 깜짝 파티라며 할머니들이 한껏 웃었다. 써니는 가게에서 엄마와 백숙 이야기를 하다 펑펑 울었던 일이 겸연쩍었다. 요양원 식구들과 둘러앉아 케이크를 먹고 자리를 잡았다.

가게에서 일하느라 봉사를 오지 못한 사이 어르신들 머리 손질이 밀려 있었다. 일이 끝나 갈 무렵 힙합 할아버지가 보이지 않아 안부를 물었다. 간혹 친하게 지내던 할머니, 할아버지가 보이지 않을 때면 써니는 마음이 불안했다. 다시 못 보는 경우가 더러 있었다. 가족이 방문해서 힙합 할아버지가 방에 있다는 말에 써니는 가슴을 쓸어내렸다.

한정태 할아버지. '한여름 정오의 뜨거운 태양'이라는 대머리를 만들어 주고 석 달이 지났으니 힙합 할아버지 머리를 손질할 때가 한참 지났다. 써니가 할아버지 방으로 가는데 문이 열려 있었다. 할아버지 앞에 서 있는 사람을 보고 깜짝 놀랐다. 정확히는 얼굴에 가득한 여드름을 보고 놀랐다. 모자를 쓰고 긴 머리로 가려도 여드름은 훤히 다 보였다. 마주한 사람도 써니를 보고 눈이 동그래졌다. 둘이 어, 어, 하고 있는데 두건을 쓴 할아버지가 써니를 보며 반갑게 인사했다.

"써니! 헤어 숍 사장 됐다며? 축하해. 여긴 내 외손녀. 둘이 나이가 비슷할 거야."

써니는 힙합 할아버지의 외손녀에게 고개를 숙였다. 상대방이 써니에게 인사를 건넸다.

"반갑다, 박민선."

"안녕……."

박민주. 한때는 서로 선주라 부르며 베프임을 강조한 친구. 써니는 생각지도 못한 곳에서 민주를 만나 어리둥절했다.

숲길을 걸었다. 햇볕이 따갑게 내리쬐는 길을, 해를 피한답시고 고개를 떨군 채 한참을 걸었다. 온통 녹색으로 가득한 숲을 걸을라치면 반나절도 더 걸릴 텐데 누구도 먼저 입을 열지 않았다.

"나 고시생이다, 검정고시."

민주의 말끝에 웃음기가 묻어났다. 쑥스러워하는 것 같았다. 써니는 중학교 친구들에게 이미 들은 터라 놀랍지 않았다. 민주를 쳐다보았다. 햇빛이 써니의 눈을 찔렀지만 상관없었다. 민주의 볼에 난 여드름을 짜 주고 싶었다. 미끌미끌한 알로에 겔로 얼굴을 덮어 주고 싶었다. 꿀 피부로 친구들 사이에서 시기와 질투의 대상이던 민주였는데 마음고생이 심한 것 같았다.

둘은 나무 아래 놓인 기다란 의자에 앉았다.

“나 실력 없는 거 네가 더 잘 알잖아.”

“아니야, 너 잘했어.”

써니는 말해 놓고도 자기 말에 무게가 실리지 않아 당황스러웠다. 어디선가 바람이 불어왔다.

하얀 도화지 위로 초록의 나뭇잎이 하늘하늘 흔들렸다. 고딕풍 기둥이 세워진 본관 건물 앞 계단을 따라 내려가면 널따란 광장이 나왔다. 계단 옆에는 사자 석상이 학교의 위용을 보여 주었다.

써니는 생전 처음 와 본 대학 캠퍼스에 넋을 놓았다. 대학에 갈 일이 없는 써니 앞에서 민주는 이 대학에 오겠다며 열심히 그림을 그렸다. 대학에서 주최하는 미술 대회였다. 써니는 민주에게 이 대학에 입학하면 초대하라는 실없는 소리를 했다. 미용학교로 진로를 정한 터라 써니에겐 대학이 인생에 없는 단어였다. 그런데도 대학의 자유로운 분위기가 좋았다. 광장을 오가는 학생들의 표정이, 잔디밭에 앉아 있는 대학생들의 웃음이 더없이 부러웠다. 콧속으로 풋풋한 유월의 풀 냄새가 파고들었다. 교정 스피커에서 울려 퍼지는 음악에 맞추어 쓱싹쓱싹 연필을 움직여 그림을 그렸다.

민주가 완성된 그림을 보여 주었다. 써니 눈에 쏙 들어오는 그림이었다. 좋다는 의미로 엄지손가락을 척 드는데 민주가 도화지 뒷면을 얼른 보여 주었다. 순간 써니의 눈이 흐릿해졌다. 금촌중학교 3학년 박민선. 써니는 뭐 하는 거냐고 물었다. 묻는다기보다 나무라는 말투였다. 민주는 대답하지 않았다.

"너 뭐 하는 거야?"

다시 쏘아붙였다. 미술 선생이 그런 것도 모자라 너까지 왜 그러냐는 원망도 한몫했다. 민주가 간절한 눈빛으로 써니를 쳐다보았다.

"민선아, 도와줘."

"지금 네 그림이 얼마나 좋은지 몰라서 그래?"

써니의 말은 진심이었다. 민주는 써니 말을 듣기 싫다는 듯 도리질을 하고 그대로 접수처로 뛰어갔다. 써니는 소리쳤다.

'이제 선주는 없는 줄 알아!'

소리로 나오지 않은 외침이었다. 써니는 그림을 완성하고 도화지 뒷면에 이름을 쓰는데 손이 그렇게 떨린 적이 없었다. '박민'까지 쓰고 나서 한참을 망설였다. '선'과 '주' 사이에서 끝없이 고민했다. 선과 악도 아니고 선과 점도 아닌, 선과 주라니. 선을 쓰면 이중 응시가 되고, 주를 쓰면 대리 응시가 된다. 둘 다 좋은 선택은 아니었다. 항상 서로를 선주라고 불렀는데, 그게 이렇게 무거운 족쇄가 될 줄 미처 몰랐다. 다행인지 불행인지 학교로 수상 소식은 날아오지 않았다. 그 후로 써니는 미술부도 민주도 멀리했다.

"여드름에 머리카락 쥐약이야, 묶고 다녀."

써니 말에 민주가 모자를 벗어 머리를 내미는데 정수리에 500원짜리 동전보다 조금 더 큰 구멍이 보였다. 써니는 구멍을 빤히 들여다보았다. 머리카락이 사라진 자리, 구멍으로 남은 자리. 연필만 들면 손이 떨리더라는 민주의 말이 새삼스럽지 않았다.

"예전에 대학 미술 대회에서 그림 그릴 때, 네 눈빛."

"응?"

"그러지 말라고, 충분하다고. 그 눈빛 때문에 네 이름을 지웠어."

"뭐?"

써니는 쨍쨍한 햇빛 아래서 너무 놀라 쨍하니 소리쳤다.

"내 이름을 써서 냈는데, 이중 응시로 수상이 취소된 거 넌 모르지?"

우, 신음이 입에서 터져 나왔다. 써니는 소신껏 자기 이름을 쓰지 못한 걸 후회했다. 별것도 아닌 세 글자, 박민선!

빗방울이 툭, 써니의 이마에 떨어졌다. 한 방울로도 속이 시원했다. 곧바로 소나기가 쏟아져 둘은 뛰기 시작했다. 모처럼 선주가 되어 뛰었다.

차를 타고 집으로 오는 길에 엄마가 와이퍼를 움직여 더러워진 앞 유리를 닦으며 말했다.

“백숙 먹고 가자.”

“싫어.”

먹는 걸 거절하자 엄마가 놀란 눈으로 쳐다보았다. 써니는 앞이나 보라고 엄마에게 퉁을 날렸다. 내일은 경우 아빠가 한다는 ‘리처드 헤어 숍’에 가 봐야겠다. 가방에서 지갑을 꺼냈다. 어디에 뒀더라, 그 네모반듯하고 광택 나는 명함을.

써니는 뚱뚱한 몸 때문이 아니라 자기에게 있는 어떤 구멍 때문에 자꾸 면접에서 퇴짜 맞은 건 아닌지 그 구멍을 들여다봐야겠다고 빗속을 달리는 차 안에서 생각했다.

장미의 하늘

경로당에서 할머니가 사라졌다고 전화가 온 건 장미가 친구들과 카페에 앉아 주문한 빙수를 기다리고 있을 때였다. 장미는 1,500원을 돌려받기도 뭐해서 빙수가 나오자마자 맨 위에 올려진 망고 너덧 개를 건져 먹고 부리나케 집으로 달렸다.

'노인네, 더운 날 경로당에서 시원하게 놀지 왜 한 시간도 못 채우고 집에 오는데…….'

장미는 온몸이 땀에 젖은 채 씩씩대면서 문을 열었다. 현관에서 거실까지 길게 늘어진 신발 행렬에 화가 머리 위로 솟구쳤다.

"할매 어딨나? 나와 봐라."

운동화, 슬리퍼, 구두, 장화 할 것 없이 신발이란 신발은 다 꺼내서 반듯하게 짝을 맞춰 집 안으로 들어가는 모양새로 놓아둔 것을 흐트러뜨리며 안으로 들어갔다. 오래되고 낡은 신발

들, 숨겨 놔도 소용없어 버리자고 마음먹었지만 버리지 못하는 걸 보면 장미도 할머니와 별반 다르지 않았다. 거실을 둘러보며 소리쳤다.

"더운데 경로당에서 놀지, 왜 벌써 오는데?"

할머니의 기척이 나지 않았다. 장미는 불안해지기 시작했다. 거실 창문을 열자 더운 바람이 훅 들어왔다. 베란다를 기웃거리고 안방을 들여다보고, 거실과 부엌을 오가며 불러도 대답이 없던 할머니가 화장실 욕조에서 고무 장난감을 가지고 놀고 있었다. 장미는 할머니를 사납게 부르려다 멈칫했다. 화장실을 제일 먼저 열어 본 것 같은데 아니었나 하며 그만두었다. 그나마 할머니가 집에 있어 다행이었다.

"안 들렸나? 할매, 신발 놀이 좀 그만하자."

장미가 하는 말을 듣는지 마는지 할머니는 물에 떠 있는 오리와 문어, 고래 장난감을 뜰채로 건져 올리느라 정신없었다. 장미는 거실에서 선풍기를 끌고 와 화장실에 대고 틀었다. 그제야 할머니가 뒤돌아보았다.

"봐라 봐라, 내 몽땅 잡아삐따."

할머니는 낚시꾼처럼 뜰채를 들고 웃었다. 장미는 화장실 앞에 서서 언제 씩씩댔나 싶게 할머니 말에 맞장구를 쳤다.

"고기 많이 잡았네. 탕 끓일까, 구울까?"

"미쳤나? 이건 맹탕이라 아무 맛이 없어요."

할머니가 뜰채를 장미 쪽으로 내밀었다. 축 늘어진 할머니 가슴과 빵빵하게 부푼 고무 장난감이 묘하게 대비를 이루었다. 장미는 고개를 숙여 자기 가슴을 보았다. 다른 날보다 유난히 도드라져 보이는 게 신축성 소재의 티셔츠 때문만은 아니었다. 솜 방석같이 두툼한 패드가 확실히 가슴을 살려 주었다. 더운 날이라 가슴 주위로 땀이 송골송골 맺히고, 패드는 축축하게 젖어 있어도 볼록하게 맵시 나 보여 뿌듯했다. 그때 욕조에서 무언가 쓱 올라왔고 장미의 기분은 반대로 쑥 내려갔다. 노랗고 길쭉한 걸 본 탓이다. 맨발로 달려가 욕조 안을 확인하는 순간 머리 뚜껑이 열렸다.

"변기 놔두고 왜 욕조에서 일 보는데……. 내가 못 산다."

장미는 할머니에게 얼른 나오라 하고 뜰채를 빼앗았다. 욕조에 떠 있는 똥 덩어리를 뜰채로 건져 변기에 버리며 버럭 소리를 질렀다.

"나하고 같이 못 살면 좋겠나? 어? 그러고 싶으면 만날 이렇게 해, 해 보라고."

"우리 장미도 잘 잡네, 잘 잡아."

장미는 눈살을 찌푸렸다.

"할매 눈엔 이게 고기로 보이나?"

장미가 할머니 앞에 뜰채를 내밀자 물이 뚝뚝 떨어졌다. 친구들과 계획한 물놀이는 말 그대로 물 건너가 버렸다고 중얼거렸다.

"이런 할망구를 두고 어딜 간다고, 내가 미쳤지."

더는 털 게 없는 뜰채를 연신 털어 내며 고개를 젓다가 물이 얼굴에 튀었다. 장미는 몸을 세게 흔들었다.

점심을 먹고 설거지를 하는데 전화가 왔다. 할머니는 동전 놀이를 하느라 정신이 없었다. 이럴 때는 할머니가 그토록 기다리는 교수님 아들 전화도 바꿔 줄 수가 없다.

"설레는 마음 아가씨 마음, 울렁울렁 울렁거리네."

할머니는 노래에 취한 채 두 팔을 휘저었다. 삼촌은 수화기 너머로 할머니 노래를 들으며 말했다. 계절 학기 수강생들 강의하느라 숙모 혼자 출발했다며 잘 부탁한다고 했다.

"장미 너도 열심히 해서 서울로 올라와야지?"

통화할 때마다 삼촌이 빼먹지 않고 하는 말이다. 삼촌이 기말고사 성적을 물어볼까 봐 조마조마해 얼른 화제를 돌렸다.

"생활비가 아직 안 들어왔어요. 학원비랑 할매 이 치료도 해야 하는데……. 잘 씹지를 못해서 그런가 밥도 안 먹겠다고 하고, 변도 안 나오고 자꾸……."

차마 욕조에서 볼일을 본다고 말하기는 싫었다. 삼촌은 숙모가 곧 도착할 거라는 말로 모든 문제를 해결하려 했다. 장미는 당장 내일 친구들과 바닷가를 가려면 돈도 필요하지만, 숙모가 오면 할머니 걱정 안 하고 편히 갔다 올 수 있겠다 싶어 마음이 놓였다. 할머니 노랫소리가 계속 이어지자 삼촌이 물었다.

"행복 요양원, 한번 가 볼래?"

"왜요?"

장미가 묻는데 삼촌은 메아리처럼 "숙모하고 다녀와!" 하고는 전화를 끊었다. 그사이 할머니는 목청껏 '십오야'를 불렀다. 그놈의 십오야가 도대체 뭐라고 저러는지.

장미는 수업 종도 치지 않는 대학의 강의실을 그려 보았다. 또 할머니를 요양원에 보내고 서울로 올라가 삼촌 집에서 지내는 모습도 그려 보았다. 그건 공부를 잘했을 때 이야기 아닐까. 장미는 삼촌이 당부한 말의 속내를 헤아리기 어려웠다. 요양원, 서울 유학. 어쩌면 숙모가 오는 것도 할머니 때문일지 모른다. 항상 두 사람이 같이 왔는데 이번엔 숙모 혼자라는 게 확실히 뭔가 달랐다.

삼촌이 숙모가 도착하는 시간에 맞춰 전화한 건지, 숙모를 보내고 바로 전화한 건지 알 수는 없어도 숙모는 오지 않았다. 도착하고도 남을 시간인데, 삼촌에게 확인하기도 애매했다. 수업 중이면 삼촌이 난처할 테니까. 숙모 전화기는 '고객의 사정에 의해 당분간 착신이 중지된다'고 음성 안내자가 친절하게 알려 주었다. 그러니까 그 사정이 대체 뭐냐고…….

"꺼져, 이 자식아."

장미는 수화기에 대고 쏘아붙였다

"느그 숙모가 첨부터 그리 느려. 책상에만 앉아 있어 그런다는데……."

할머니는 신발을 든 채 현관에서 베란다까지 오가며 중얼거렸다. 삼촌이 처갓집에 얹혀사는 동안 힘들었다며, 어린 여자 데리고 사느라 속 터질 거라고 했다. 그 뒤로는 사돈어른 험담이 이어졌다. 딸년을 공부만 시켜 버릇없다고, 반듯하게 키운 삼촌까지 망쳤다고 하더니 갑자기 장미에게 화살이 날아왔다. 대학은 꿈도 꾸지 말고 할머니랑 오래오래 행복하게 살자고 했다. 구부정한 허리를 펼 생각도 않고 신발을 들고 왔다 갔다 하는 할머니를 보고 있자니 울화가 치밀었다.

"정신 사납게 하지 말고, 퍼뜩."

장미가 빽 소리를 질렀다. 그제야 할머니는 현관 앞에 신발을 내려놓았다.

"아이고, 디다 디어. 썩을 년, 넌 뭐 한다고 장승처럼 우뚝 서 있어?"

할머니는 무슨 대단한 일을 한 것처럼 거드름을 부리며 신발을 신었다. 장미는 현관문을 발로 뻥 찼다. 현관문 아래쪽이 군데군데 패었다. 이런 형편에 대학은 사치고, 서울 유학은 가당을 수 없는 별세계라는 거 다 안다. 다 접고 졸업과 동시에 일자리나 찾는 게 분수에 맞는 일일지도 모른다.

'할머니하고 오래오래 행복하게 살자고? 노망난 할망구, 악

담도 유분수지.'

장미는 영심중학교 골목길을 달그락거리는 보행기를 밀면서 갔다. 할머니는 허리를 구부린 채 땅만 보며 걸었다. 길에서 몇 번 동전을 줍더니 재미를 붙였다. 장미는 속이 터졌다. 지갑에 넘쳐 나는 10원, 50원짜리 동전이라면 자기가 줄 수도 있는데 할머니 고집을 꺾을 수 없다. 뙤약볕 아래서 세월아 네월아 하고 걷는 수밖에. 장미는 괜히 삼촌을 원망했다. 삼촌이 아기를 태우는 유아차를 사 줬으면 할머니를 구겨서라도 앉혔을 것이다. 땅속으로 처박힐 듯 걷는 할머니를 보고 있자니 한숨이 나왔다. 지팡이도 팽개친 노인네라 말 다 했다. 할머니는 보행기를 거추장스러워했다. 잠깐 밀다 바퀴가 헛돈다며 내팽개치는 것을 매번 장미가 슬렁슬렁 밀었다. 저만치 학교 정문 앞에 무지개색 파라솔이 보이자 장미는 달고나로 할머니를 유혹했다. 땀으로 흠뻑 젖은 할머니 얼굴이 금세 환해졌다. 할머니 손을 슬그머니 보행기에 얹어 주자 신나게 밀었다. 보행기 바퀴가 쌩쌩 잘도 돌았다.

장미는 칠이 벗겨지고 홈이 파인 밥상 앞에 쭈그리고 앉아 달고나 뽑기를 했다. 손부채로 얼굴에 바람 한 번 날리고는 이쑤시개로 가장자리를 긁었다. 조각가가 경건하게 작품을 쪼는 모습 같다고 생각하며 씩 웃었다. 그냥 하트가 아니라 화살 맞은 하트라 장미 가슴에도 어느 땐가 큐피드의 화살이 날아오지 않을까 입가에 미소가 걸렸다. 어쩌면 이미 장미 가슴에 화살이 날아와 꽂힌 건지도 몰랐다.

스카이는 별 볼 일 없는 장미의 하늘을 핑크빛으로 물들인 장본인이다. 아린이 알바하는 카페에서 커피와 베이글로 하루를 시작하는 SKY, 맥북 로고 옆에 붙은 이니셜이었다. 서기영, 심교유, 손경윤…… 아린이와 머리를 굴려 이름을 쥐어짜 봤지만 알아내지 못했다. 음료를 주문할 때 항상 현금으로 결제해 이름을 알 수 없었다. 아린의 말로는 흔하지 않은 경우라고 했다. 그런 건 중요하지 않았다. 장미는 남자를 그냥 스카이라고 불렀다. 노트북을 앞에 두고 인강 듣는 모습에 반했으니까. 한여름인데도 몸에 딱 달라붙는 하얀 면바지에 날마다 색상을 달리해서 입는 폴로셔츠, 얼굴을 들어 앞머리를 쓸어 올릴 때마다 힘줄 돋은 팔에서 찰랑거리며 빛나는 팔찌만으로도 스카이는 이 동네에서 누구도 따라올 수 없는 완벽한 도시남이다. 바라만 봐도 눈부신 외모는 장미 눈에만 그런 게 아니라 아린이도 인정한 사실이다.

장미는 달고나 뽑기에 온 신경을 모았다. 번번이 화살과 하트가 만나는 지점에서 금이 갔기 때문에 오늘은 이쑤시개에 침을 묻혀 가며 녹이듯 떼어 냈다. 하트를 뚫은 화살표의 뾰족 부분을 마무리하고 있을 때였다.

"학생!"

호통 소리에 놀란 장미가 고개를 들어 달고나 아저씨를 보았다. 공짜 달고나를 줄 생각에 화가 났나 싶었다. 아저씨가 할머니를 가리키며 얼른 모셔 가라고 성을 냈다. 쯧쯧쯧, 말끝에 혀를 세차게 차 댔다.

할머니는 다리를 벌린 채 앉아 둥근 달고나 빵을 핥으며 장미와 눈을 맞추려 하지 않았다. 할머니가 앉은 바닥이 축축하게 젖어 있었다.

"할매 미쳤나?"

장미는 튀어 오를 듯이 일어났다. 할머니를 일으켜 세우면서 주변을 둘러보았다. 지나가는 사람이 없어 다행이었다. 자줏빛에 사방팔방으로 퍼진 꽃무늬에 가려 소변 흔적은 보이지 않았지만 할머니는 손으로 자꾸 바지를 털었다. 할머니가 그렇게 집에 가자고 했는데도 안 들리더냐며 아저씨는 장미를 나무랐다.

장미는 골목길을 거슬러 집 쪽으로 성큼성큼 걸었다. 할머니가 보행기에 손을 얹고 뒤따랐다. 장미는 가다 말고 생각난 듯 뒤돌아서 아저씨를 향해 다음에 보너스 주는 거 잊지 말라고 외쳤다. 상에 두고 온 큐피드의 화살이 떠올랐다. 어째 잘 뽑히더라니, 장미는 입맛을 다셨다.

햇살이 기울어진 골목에서 어느 집 개가 사납게 짖어 댔다. 할머니는 기차역 가는 길이 아니라고 소리쳤고, 장미는 숙모가 집에 와 있을 거라고 대답했다. 이럴 때 보면 할머니의 정신이 장미보다 더 또렷한 것 같다. 기차역 가는 길에 달고나 뽑기 앞에서 주저앉았으니 말이다. 장미는 할머니가 아닌 자신이 자꾸 정신을 놓고 다니는 것 같아 불안했다. 할머니는 나이 들어서 치매가 온 거니 이상한 일이 아니지만 열일곱 살 꽃다운 나이에 치매라면 그건……. 장미는 더는 생각하기 싫어 고개를 흔들었다.

프라이팬 위에 찬밥 덩어리를 올려놓고 얄팍하게 폈다. 가스레인지 불을 약하게 줄이고, 거실로 나와 바닥에 떨어진 휴대폰을 집었다. 단톡방에 달린 500개나 되는 글을 읽을 엄두가 나지 않아 아린에게 따로 문자를 보냈다. 아린이는 장을 보고 있다며 내일 오후 2시에 카페에 모여 바로 출발한다고 했다. 늦지 않게 오라는 말에 장미는 망설였다.

할머니가 장미의 발등을 손으로 툭툭 쳤다. 할머니는 '6시 내 고향'은 보지도 않고, 거실 바닥을 하얗게 공사하고 있었다. 휴지 상자에서 티슈를 꺼내 바닥에 펴는 와중에 장미에게 비키라고 했다. 장미는 두 발을 번갈아 들었다 내려놓으며 하얀 길 위에 섰다. 휴지 상자를 치워 놓지 않은 걸 후회했지만 이미 늦었다.

말하기도 귀찮아 텔레비전 채널만 돌렸다. 아린의 문자에 답을 보내지 않은 채로 보험 상품을 설명하는 5번 채널 여자를 지나치고, 냉장고를 열어 보이는 7번 남자를 무시하고, 식탁에 둘러앉아 삼계탕을 먹고 있는 10번 가족에게서 멈추었다. 숙모 말로는 저들은 한 가족이 아니라고 했다. 할아버지, 아빠, 엄마, 심지어 딸처럼 보이는 아이까지도 다 연기자라는 말에 장미는 놀랐다. 홈쇼핑 식품 판매 시간에 나란히 식탁에 둘러앉아 삼계탕을 먹는 급조된 가족. 뜨거운 국물을 마시며 서로 땀을 닦아 주고, 살을 발라 건네주고, 깍두기를 얹어 주는 모습 하나하나가 진짜 가족처럼 보였다. 어쩌면 가족이 아니기 때문에 가능한 그림일까?

장미와 할머니가 홈쇼핑에 나와 음식을 먹는다면 어떨까 상상했다. 할머니는 뜨거워 먹기 싫다며 투정을 부리고, 장미는 맛있다고 후루룩 먹는다. 가족이어도 각자 기호대로 알아서 먹는 모습이 더 사실적이라고 생각했다. 하지만 할머니 때문에 금방 잘릴지도 모를 일이다.

장미는 할머니에게 삼계탕을 주문하자고 부추겼다. 뜨거운 건 질색이라며 할머니는 이마에 흐르지도 않는 땀을 닦는 시늉을 했다. 할머니는 뜨거운 불만 보면, 아니 뚝배기만 봐도 싫어했다. 그러거나 말거나 장미는 전화기를 들어 080으로 시작하는 번호를 눌렀다. 가마솥에서 보글보글 끓고 있는 삼계탕을 보며 저절로 침을 삼켰다.

"야야, 뭔 냄새고?"

주방에서 연기가 피어올랐다. 코끝에 탄내가 묻어났다. 누룽지 만들려다 멀쩡한 밥을 태웠다. 도대체 숙모는 언제 오려고 이렇게 뜸을 들이는 걸까. 숙모가 불현듯 떠올랐다. 장미 마음처럼 프라이팬이 까맣게 타 버려 쓸 수도 없게 되었다.

"야야, 부산 앞바다 저기 가면 시원하겠다."

먹물 같은 누룽지를 호호 불며 먹고 있는데 할머니가 텔레비전을 가리켰다. 부산 해운대 앞바다가 한눈에 들어왔다. 시원한 곳으로 피서 인파가 몰린다는 뉴스에, 금빛 비키니를 입은 늘씬한 여자와 건장한 체격의 남자가 보였다. 드넓은 바다를 배경으로 남녀는 행복해 보였다. 뉴스 화면이라기보다 광고처럼 현란해 보였다. 장미가 눈을 치뜨는 순간, 화면은 계곡에 발을 담그며 노는 아이들 모습으로 바뀌었다.

"할매 가고 싶나?"

장미는 물어보면서도 뜨끔했다. 내일 친구들과 물놀이 가는 걸 들킨 기분이었다. 다 알면서 저러는 걸까 싶어 장미는 의심스러운 눈으로 할머니를 쳐다보았다. 할머니의 벌어진 입술 사이로 까만 물이 흘러내렸다. 장미는 바닥에 널린 휴지로 할머니의 입가를 닦아 주었다. 검은 피를 흘리는 늙은 뱀파이어가 떠올랐다.

"주말에 가자!"

"뱅기 타고?"

장미는 무슨 소리냐고 할머니를 쳐다보았고, 할머니는 텔레비전으로 고개를 돌렸다. 그새 화면이 공항 출국장으로 바뀌어 있었다. 다들 먼 이국의 정취를 만끽하려고 떠나고 있었다. 할머니는 계속 비행기를 타고 싶다고 했다. 장미는 대꾸하지 않고 저녁을 먹었다. 너무 태워 버린 누룽지에서는 숯 맛이 났다. 장미는 생각했다. 한 번도 할머니와 바다를 보러 간 적이 없다는 걸. 기차역이 가깝고, 한 시간도 안 되는 거리에 부산 앞바다가 있는데도 말이다.

장미가 바다를 떠올릴 때면 거기에는 항상 손이 있었다. 바다 위로 나온 커다란 청동 조각 손에 하얀 눈이 쌓이는 모습을 엄마 품에 안겨서 보던 그날, 바다로 길게 이어진 나무 데크 위를 달리면서 장미는 환하게 웃었다. 세찬 바람이 얼굴을 할퀴어도 장미는 마냥 신났다. 청동 손 위에서 새들이 휴식을 취하는 모습을 보며 그곳이 새들의 집이라 생각했다. 장미가 기억하는 바다는 그렇게 손과 새하얀 눈, 새와 집으로 이루어졌다.

눈을 떠 보니 새벽 2시였다. 겨우 두 시간 자다 깼다. 자정쯤 불을 끄고 누웠는데 어느 틈에 일어난 할머니가 방마다 불을 다 켜 놓았다. 거실은 물론 안방, 베란다, 화장실도 모자라 텔레비전까지. 장미는 새벽 2시에 나라의 정치와 경제와 문화를 걱정하는 텔레비전 속 토론자들이 애국자 같았다. 그러거나 말거나 할머니는 베란다에서 주방으로, 주방에서 안방으로 들락대

다가 급기야 화장실에 들어가서는 세숫대야에 담긴 속옷이며 수건을 빨았다. 얼마 전부터 할머니는 밤을 낮처럼 생각하고 생생하게 돌아다녔다. 보다 못해 장미가 소리 질렀다.

"잠 좀 자자, 잠 좀 자! 내가 미친다, 할매."

장미가 애원해도 약효는 한 시간을 못 넘겼다. 그러거나 말거나 눈 꼭 감고 자면 그만이지만 할머니는 안방 형광등이며 가스 불을 켜 놓을 때도 있고, 냉장고 문을 열어 놓을 때도 있었다. 장미가 자다가도 불빛에 퍼뜩 눈이 떠지는 이유는 바로 그 때문이다. 드럼 세탁기에 들어가 있는 할머니를 끄집어낼 때는 할머니가 진짜 미쳤다며 숙모를 원망했다. 통돌이 세탁기를 쓸 때는 그런 일이 없었는데 숙모가 보낸 드럼 세탁기에는 자주 들어갔다. 맞춤한 듯 할머니에게 딱 맞았다. 한번은 거기에 들어간 할머니를 보는데 소름이 돋았다. 관에 들어간 모습이 상상되어 끄집어내는 손길이 거칠어졌다.

장미는 생각난 김에 삼촌에게 전화를 걸어야겠다고 마음먹었다. 숙모가 오지 않은 것만으로도 새벽 2시에 전화하는 이유로 충분했다. 버튼을 누르는 손에 힘이 들어갔다. 일종의 다짐 같은 거였다. 그런데 신호가 가야 할 휴대폰은 꺼져 있고, 집 전화는 당분간 착신이 금지되었다. 당분간이라면 얼마나? 착신이 금지되는 경우는 어느 때지?

순간 장미 얼굴 위로 물이 뚝뚝 떨어졌다. 할머니가 젖은 빨래를 들고 베란다로 나갔다. 할머니가 가는 길마다 물이 떨어졌다.

"미끄러지면 어쩌려고?"

장미는 얼른 마른 수건을 찾아들었다. 머릿속이 복잡했다. 삼촌은 어떻게 된 거지? 숙모는?

오늘도 편히 자기는 글렀다 싶어 장미는 컴퓨터 전원을 켰다. 할머니가 그나마 컴퓨터는 건드리지 않는 게 고마웠다. 장미는 졸린 눈을 비비며 늘어지게 하품했다. 할머니 덕분에 부지런해진 건지, 할머니 탓에 잠을 못 자는 건지 아리송했다.

걸어가면서도 어떻게 말을 해야 하나 그 생각만 했다. 나쁜 짓을 하는 것도 아닌데 마음이 자꾸 떨렸다. 국밥집에 가자고 한 건 할머니지만, 국밥집에 갈 필요를 느낀 건 장미였다. 아침부터 할머니는 장미를 흔들어 깨워 국밥을 먹여야 한다고 했다. 누구? 할머니는 엄마 생일이니 꼭 국밥이어야 한다고 했다. 엄마 생일? 엄마 제삿날이면 모를까 이제 엄마 생일은 없다고 하자 할머니는 꿈 이야기를 했다. 엄마가 할머니 가게에 와서 국밥을 맛있게 먹고 갔다고. 그러니 어서 차려 줘야 한다고. 뼈를 고아야 한다는 걸 간신히 말려 국밥집으로 가자고 달랜 건 장미였다.

손을 얹자 정수리가 뜨듯했다. 그 손을 눈 위에 대고 꾹 눌렀다. 잠을 설쳐 눈은 뻑뻑하고, 몸은 힘없이 늘어졌다. 골목길을 벗어나 시외버스 터미널 옆 아린이 일하는 빙수 카페를 지나며 힐끗 안을 들여다보았다. 다들 휴가를 떠났는지 가게가 한산했다. 아린이는 보이지 않고 주인아저씨가 계산대 앞에 있었다. 스카이가 앉던 자리에는 다른 커플이 앉아서 빙수를 먹고 있었다. 장미는 그 모습이 머지않은 날의 자기 모습이면 좋겠다고 생각했다. 스카이와 함께할 바로 그날.

"아이고, 어매! 오랜만이네요."

국밥집 아주머니가 할머니 손을 잡아끌며 의자에 앉혔다. 할머니는 이마와 목, 심지어 겨드랑이에 수건을 넣어 땀을 닦았다. 아들한테 언제 가느냐는 아주머니 말에 할머니는 국밥이나 내놓으라고 소리쳤다. 장미는 할머니의 블라우스 단추를 채워 주며 작은 소리로 말하라고 다독였다. 아주머니는 할머니 성미를 아는지라 기분 좋게 웃으며 주방으로 들어갔다.

"정가네 국밥집에서 장가가 만든 국밥 드셔 보세요."

아주머니의 흥얼거림이 주방 너머로 들려왔다.

2년 전, 할머니는 국밥집을 장씨 아주머니에게 팔았다. 가게를 처분한 돈으로 삼촌은 아파트를 마련하여 처갓집에서 나왔다. 할머니를 모셔 가겠다 하고는 끝이었다. 수화기 너머로 말만 무성하고 이런저런 핑계로 정작 내려오지도 않았다. 가게를 팔고 할머니는 한동안 국밥집을 제집처럼 드나들며 아주머니에게 일을 가르쳤다. 정이 많은 '정가네 국밥집'은 할머니 이름 정계주에서 성만 따온 이름이다. 이름을 걸고 하는 국밥집이기에 간판을 바꾸지 않는 것에 책임을 다해야 한다는 게 할머니의 생각이었다. 정가나 장가나 한 끗 차인데, 라고 아주머니는 말했지만 10년, 20년 변함없이 찾아 주는 손님들을 놓치기 싫은 속셈으로 간판도 그대로 두었다. 할머니는 당신이 하던 가게를 아주머니가 그대로 해 주는 게 좋다고 했다.

식탁 위에 놓인 국밥을 보며 할머니가 입을 열었다.

"네 어미는 생일에도 국밥을 찾았다. 내 국밥이 세상에서 제일 맛나다고 했는데."

할머니 말에 장미는 심드렁하니 대답했다. 엄마가 한 말과 달랐다. 생일날에 미역국 끓여 달라는 말은 차마 하지 못하고 국밥을 후루룩 먹고 학교에 갔다며 장미가 미역국을 안 먹을 때마다 노래처럼 말했다. 할머니와 엄마가 서로 잘못 알고 있는 진실을 장미는 혼자만 간직하기로 했다. 장미가 말한다 해도 할머니는 무조건 자기 말이 맞다고 우길 게 뻔하다.

장미는 크게 소리 내 국물을 들이켰다. 한여름에 뜨거운 국물이 들어가니 속이 부글부글 끓어오르는 용광로가 되었다.

"어매, 맛있지요?"

아주머니 말에 장미는 엄지를 치켜들며 고개를 끄덕였고, 할머니는 쌀쌀맞은 목소리로 장미의 엄지가 곤두박질치게 만들었다.

"맛있으면 너나 많이 먹어."

"네? 나야 매일 먹지요."

"이 쓰레기 같은 걸 판다고 지랄이야, 지랄이. 에잇!"

할머니는 뚝배기에 든 밥을 한 숟가락 뜨더니 탁자 아래에 놓인 쓰레기통에 던졌다. 두 숟가락, 세 숟가락 말리지 않으면 계속할 기세였다. 밥을 떨어뜨리며 뭐가 신나는지 웃기까지 했다.

"어매, 그러면 안 돼."

당황한 아주머니가 할머니의 숟가락을 빼앗았다. 이미 반 넘게 국밥이 쓰레기통에 들어갔다. 할머니가 일을 그만둔 뒤로는 뜨거운 걸 못 드셔서 그렇다고 둘러대는 장미 얼굴이 발갛게 익어 갔다.

"노인네 성질하고는."

아주머니는 할머니 모시고 병원에 가 보라고 했다. 그냥 딱 봐도 치매라며 약을 먹어야 그나마 병을 늦출 수 있다고 했다. 장미는 아주머니 말을 들으며 고개를 끄덕였다. 장미도 익히 알고 있는 사실이었다. 인정하고 싶지 않아 외면하고 있을 뿐, 더는 늦추면 안 될 것 같았다. 장미가 할머니의 치매를 외면하는 건 장미 자신을 위해서였다. 할머니가 요양원에 들어가는 순간 장미는 갈 곳이 없어질 테니까. 삼촌? 장미는 삼촌이 거둬

줄 거라는 생각은 접은 지 오래다. 할머니를 모신다는 것도 말뿐이고, 온다고 한 숙모도 아직 오지 않았다. 장미가 삼촌을 믿지 못하는 이유는 이것 말고도 많다. 무엇보다 할머니가 없으면 장미는 자신이 어떻게 될지 그게 늘 불안했다.

친구들이 하나둘 아린이 일하는 카페로 모이는지 단톡방에 불이 났다. 장미 마음과는 달리 할머니 걸음은 한낮의 찌는 더위처럼 사람을 짜증 나게 했다. 장미가 재촉하거나 말거나 신경 쓰지 않았다. 느릿느릿 굼벵이가 따로 없다. 그러면서도 입은 어찌나 빨리 움직이는지 장씨가 사장이 되더니 많이 변했다며 예전에는 당신 식당에서 설거지하던 여자라면서 구시렁거렸다.

장미는 휴대폰을 들여다보다 이번에는 할머니에게 팥빙수를 미끼로 던졌다. 예전에 국밥집을 할 때도 할머니는 한가한 오후 시간이면 장미에게 팥빙수 심부름을 시켰다. 손님이 빠진 식당에서 할머니가 유일하게 쉴 수 있는 시간에 라디오에서 흘러나오는 오래된 가요를 들으며 팥빙수를 먹는 여름날, 찬 얼음을 잘 먹지 않는 장미도 할머니와 머리를 맞대고 앉아 있는 그 시간이 좋았다.

"할매 좀 빨리, 팥빙수 다 녹는다."

아직 시키지도 않은 팥빙수를 핑계로 발걸음을 재촉했다.

"그게 뭔데?"

"사발에 얼음 갈아 팥도 넣고, 우유도 살짝 적셔 말랑말랑 젤리에 떡도."

"사발로 얼음을 간다고? 그 무신 음식이 그러나?"

"아, 진짜……."

장미가 입맛을 다시며 팥빙수를 설명하다 점점 목소리가 커졌다. 평생 한 번도 먹어 본 적 없다는 표정을 짓는 할머니가 배신자처럼 느껴졌다. 더는 설명할 기력이 없었다.

전화국 건물을 지나면서 장미는 무심히 위를 올려다보았다. '행복 요양원'은 3층에 있다. 할머니를 돌보기엔 너무 힘들 거라던 삼촌 말이 귓가에 맴돌았다. 매일 지나다니는 길인데도 눈여겨보기는 처음이었다. 삼촌은 서울에 있으면서 어떻게 이곳을 알았을까. 왜 알아볼 생각을 했을까. 순간 몸에 반동이 실렸다. 휴대폰 진동음이 어리광을 부리는 아이처럼 연이어 울려 댔다. 장미는 발걸음을 떼었다. 할머니는 이마의 땀을 훔치느라 굽은 허리를 펴도 꼭 펭귄이 가슴팍을 내밀고 서 있는 모양처럼 어정쩡했다.

"할매, 어서 가자."

카페는 손님들로 꽉 찼다. 예상 못 한 폭염에 다들 집에서 막 뛰쳐나온 차림새였다. 슬리퍼에 반바지, 소매 없는 티셔츠 차림의 청년들을 보자 장미는 스카이가 더 생각났다. 무더운 날에도 스카이는 발가락이 드러나는 슬리퍼 따위는 절대 신지 않았다. 겨드랑이가 드러나는 티셔츠는 옷장에 없을 것이다.

장미는 평소 스카이가 앉던 창가를 보았다. 우체국 제복을 입은 여자 둘이 생크림이 올라간 커피를 앞에 두고 앉아 있었다. 친구들이 짐 가방을 바닥에 내려놓으며 할머니에게 의자를 내주었다. 아린이 빙수를 탁자에 올려놓자 할머니는 파빙수네, 하며 좋아했다. 장미가 숟가락을 건네며 말했다.

"할매 좋아하는 팥빙수네."

"가스나, 지랄한다. 이건 파빙수다 파빙수."

친구들은 서로 쳐다보며 웃음을 터뜨렸다.

승합차가 아파트 입구에서 멈추었다. 아린 아빠가 할머니께 인사하자 할머니는 고맙다며 유치원생처럼 깍듯하게 고개를 숙였다. 친구들은 할머니가 귀엽다고 했다. 장미는 할머니를 집에 모셔 놓고는 카페에서 했던 말을 또 했다.

"숙모가 올 거야. 절대 그년이라고 하면 안 돼. 난 딱 하룻밤만 자고 와. 오늘은 숙모하고 자는 거야. 할매 며느리, 교수 아들 부인. 밤에 불 켜고 돌아다니면 안 돼. 푹 자. 오줌 마려우면 참지 말고 얼른 화장실로 가고, 음식 투정도 절대 하면 안 된다."

장미는 거듭 당부했다. 그러고는 빠진 게 없나 주변을 살폈다. 할머니는 알았다며 친구들 기다리는데 어서 가라고 손을 내저었다. 그러더니 생각난 듯 고쟁이 주머니에서 무언가를 꺼내 장미 손에 놓아 주고는 주먹을 쥐게 했다. 할머니가 용돈을?

장미는 감동하며 넘치는 웃음을 겨우 참았다. 조심스럽게 손을 펴자 하얀 휴지가 돌돌 말려 있었다. 으씨! 장미는 할머니를 째려보았다. 할머니는 받아 두라며 많이 못 줘 미안하다고 했다. 국밥집 아주머니한테 병원 간다고 5만 원 빌린 게 마음에 걸리지만 숙모가 오면 돌려줄 거니 상관없었다.

한두 방울 떨어지던 비가 펜션에 도착하자 억세게 퍼부었다. 별은 고사하고 마당에서 숯불에 고기 굽는 것도 못 하게 되었다. 친구들 일곱이 4인실에 모여 앉으니 방이 꽉 찼다. 주인집에서 빌린 가스버너에 프라이팬을 올리고 고기를 계속 구워도 먹는 속도를 따라가지 못했다. 하룻밤에 돼지고기 20인분을 어떻게 해치우나 걱정한 것에 비해 고기는 빠른 속도로 줄었다. 장미는 간만에 맛보는 고기인지라 말도 삼가고 부지런히 입에 쑤셔 넣었다. 오로지 먹는 데만 집중했다. 누군가 날짜 한번 잘 잡았다며 감탄인지 야유인지 모를 소리를 했다. 분명 카페에서도 했던 말인데 어감이 사뭇 달랐다. 별은 보지 못해도 수다는 끝없이 이어져 우리끼리 별 수다를 다 떤다고 낄낄거렸다. 고1이 되고 보니 대학 걱정을 안 할 수 없다는 말이 오갔다.

"장미는 확실히 서울로 올라갈 테고……."

"교수 삼촌 학교로 가는 거야?"

"재는 학원 안 다니고도 공부 잘하는 거 보면 진짜 삼촌 머리 닮았나 봐."

장미는 왼쪽 어금니에 낀 고기를 혀로 살살 들쑤시며 웃어 보였다. 친구들은 장미 삼촌이 서울에 있는 유명 대학 교수라고 알고 있다. 장미는 삼촌이 학기마다 메뚜기처럼 이리저리 옮겨 다니는 시간 강사라고 말하지 않았다. 장미 자존심이 허락하지 않았다. 삼촌도 '언젠가는 교수 되지 않겠니?'라는 말을 곧잘 했다. 삼촌은 장미에게 서울로 오라는 소리를, 할머니를 모시고 산다는 말만큼 자주 했다. 대학 가서 공부도 하고, 숙모가 일하는 홈쇼핑 채널에서 모델 아르바이트도 할 수 있다고 했다. 뜨거운 걸 잘 먹으니 국물 음식 모델이 될 수도 있고, 손발이 길쭉하니 부분 모델도 가능하다고 했다. 숙모 말로는 발뒤꿈치가 예쁘다 했고, 길쭉한 다리도 카메라에 근사하게 잡힐 거라고 했다. 순전히 삼촌과 숙모가 제시한 장밋빛 미래였다.

할머니가 아들 집에 못 가고 여기 있는 것처럼 장미 또한 언제까지 여기에 남을지 알 수 없었다. 삼촌에게 할머니는 하나뿐인 혈육이지만 장미는 할머니나 삼촌과 피 한 방울 섞이지 않은 사이다. 할머니는 역 앞에서 울고 있는 엄마를 데려다 키웠고 결혼까지 시켰다. 엄마는 결혼한 뒤에도 할머니를 도와 국밥집을 함께 꾸려 나갔다.

건설 현장에서 일하던 아빠가 철근 구조물에 깔려 병원에 옮겨졌을 때 엄마는 급히 서울로 올라가며 장미를 할머니에게 맡겼다. 아빠가 큰 수술을 받게 되어 얼마나 걸릴지 알 수 없는 상황이었다. 장미는 매일 스케치북에 아빠가 짓는다는 100층짜리 건물을 그렸다. 난간에서 떨어지는 아빠를, 온몸에 붕대를 감고 누워 있는 아빠 모습을 그렸다.

엄마가 장미에게 전화해 아빠를 항아리에 넣어 온다고 했을 때 장미는 몹시 힘들겠다고 생각했다. 항아리에 담긴 아빠도, 항아리를 굴리는 엄마도 많이 힘들 것 같았다. 굴렁쇠처럼 잘 구르지는 않을 텐데……. 엄마를 태운 고속버스는 빗길에 추월하던 차를 피하려다 고가 아래로 추락하고 말았다.

장미는 엄마도 기다란 관에 드레스를 입은 공주 차림으로 그려 넣었다. 붕대 감은 아빠와 드레스 차림의 엄마가 두 손을 맞잡고 있다. 눈을 감은 게 슬퍼 보여 다시 그렸다. 결혼식 사진처럼. 그제야 장미는 그 그림 앞에서나마 웃을 수 있었다. 그리고 잠시 머물 줄 알았던 할머니와 이제껏 살고 있다.

어느새 친구들의 화제는 학원 이야기로 넘어갔다. 장미는 그 틈에 밖으로 나와 전화를 걸었다. 부슬비가 내리는 처마 밑에서 서성이며 신호음에 귀를 기울이는데 저편에선 묵묵부답이다. 장미는 할머니가 외식하는 중이라고 생각했다. 숙모가 집에 와서 밥을 차린 적은 한 번도 없었으니까. 삼촌은 나가서 밥 먹는 걸 귀찮아했지만 숙모는 할머니 맛난 거 대접한다고 무조건 밖으로 나갔다. 장미가 숙모를 좋아하는 이유 가운데 하나가 바로 외식이었다. 어느 방에선가 켜 놓은 텔레비전에서 11시를 알리는 뉴스 알람이 울렸다. 장미는 풍선 불듯 볼을 최대한 부풀리며 이 시간에 외식은 좀 그런가 생각하자 바람이 푸시시 빠졌다. 양 볼이 쪼그라들었다.

연인인 듯한 남녀가 우산을 쓰고 들어왔다. 소매 없는 티셔츠에 반바지를 입고 슬리퍼를 끌며 여자의 허리를 안고 들어오는 남자. 어두운 빗속을 뚫고 걸어오는 그 모습이 영화처럼 선명하게 장미의 두 눈에 박혔다. 시력이 좋은 것도 때에 따라서는 저주다. 스카이였다. 장미는 감전된 듯 가슴이 찌르르했다. 사나흘 카페에 나오지 않더니 여자 친구와 휴가 왔구나, 깔끔하게 정리되었다. 스카이의 목소리가 부슬비처럼 희미하고 가늘게 들려왔다. 빗방울이 팔에 닿는 것처럼 축축한 목소리는 닦아 내고 싶을 만큼 듣기 싫은 목소리였다. 장미는 친구들이 있는 방을 쳐다보았다. 아린이 농담처럼 건넨 말이 떠올랐다.

'또 아니? 감포 앞바다에서 너의 스카이를 만날지.'

두 사람이 다가오자 장미는 고개를 조심스레 돌렸다. 장미를 지나쳐 모퉁이를 돌아 2층 계단으로 올라가면서 둘은 소곤거렸다.

"지긋지긋한 재수 생활! 수능 마치면 해외여행 가자."

장미는 마당으로 내려서며 팔뚝을 쥐어뜯었다. 하늘을 올려다보았다. 감포에 와서 환한 하늘 한 번 보지 못했다. 이젠 저

하늘이 진짜 스카이다, 명령하듯 말하는데 빗방울이 얼굴 위로 떨어졌다. 눈물 따윈 흘리지 않아도 좋을 하늘이었다.

할머니는 집에 없었고, 시치미 떼듯 현관문은 굳게 닫혀 있었다. 숙모가 온 흔적은 어디에도 없었다. 장미는 노인정과 주민 센터, 버스 터미널, 기차역, 국밥집까지 다녀왔지만 할머니 행방을 알 수 없었다. 볕이 따갑게 내리쬐어 자꾸 눈꺼풀이 내려앉았다. 머릿속에서는 윙 기계음이 울리고 가슴이 울렁거렸다. 요 며칠 잠을 설쳐 몸이 무거웠다. 친구들과 밤을 새우고 새벽 첫 기차로 왔더니 정신이 몽롱했다.

장미는 파출소에 앉아 손으로 눈을 비비며 말했다.

"할매는 갈 데가 없어요."

할머니와 함께했던 마지막 순간이 떠올랐다. 어느 때보다 침착했던 할머니. 환하고 여유 있게 웃으며 어서 가라고 손을 흔들던 할머니의 모습이 자꾸 마음에 걸렸다. 노망난 노인 옆에 있지 말고 자유롭게 훨훨 떠나라고 손을 내저은 것만 같아 마음이 아팠다.

"할매가 가라고, 막 손을 흔들면서. 그래도 가면 안 되는데. 갔어요, 제가."

장미가 두서없이 말하는 틈을 비집고 경찰관이 집에 가서 기다리라고 했다. 큰일이야 있겠냐며 다독이는 말에 장미는 저도 모르게 목소리가 커졌다.

"아저씨 엄마가 집 나갔어도 그럴 수 있어요? 아니잖아요. 얼른 찾아 주세요. 할매가 정신이 쪼매 이상해서……. 아, 진작 보건소 가는 건데. 내가 할매 병을 키웠네. 엄마도 아빠도 영영 안 오더라고요. 그땐 너무 어려서…… 어떻게 할 수 없잖아요. 숙모도 삼촌도 다들…… 왜 매번 나만 남아요?"

울먹이던 장미가 더는 참지 못하고 울음을 터뜨렸다. 할머니를 찾겠다고 파출소에 와서는 떠난 사람이 생각나 서러웠고, 떠난 사람은 어쩔 수 없어도 곁에 있는 사람과 잘 살고 싶은데 그마저 어려워 눈물이 났다. 삼촌도 제 삼촌이 아니고, 할머니도 진짜 할머니가 아니어도 장미에게는 가족이었다. 꼭 붙잡고 놓고 싶지 않은 가족.

집으로 돌아오는 길에 장미는 전화국 건물로 들어가 3층으로 올라갔다. 엘리베이터에서 내리는데 바로 앞에 커다란 철문이 있었다. 빨간 벨이 눈에 들어와 버튼을 누르자 스피커폰에서 목소리가 나왔다. 장미가 상담 왔다고 하자 문이 철컥 열렸다. 요양원이 아니라 감옥에 온 것 같았다. 안으로 들어서는 순간 손으로 코를 틀어막았다. 독한 소독약에 이어지는 역한 냄새에 머리가 어지러웠다. 보기에는 깔끔한데 코끝을 건드리는 냄새의 정체는 그다지 청결하지 않았다. 복도에는 휠체어에 앉아 있는 할머니, 할아버지 모두이 제각각 소리를 내고 있었다.

바지를 움켜쥐고 주춤주춤 걷는 할머니도 보였고, 실내가 떠나갈 듯 떠드는 할아버지도 있었다. 열린 방문 틈으로 침대에 누워 있는 할머니, 할아버지도 보였다. 이곳에 있는 분들에 비하면 자기 할머니는 멀쩡해 보였다. 장미는 사무실로 가려던 걸음을 돌려 엘리베이터를 타고 서둘러 내려왔다. 삼촌이 왜 요양원에 다녀오라고 했는지 화가 났다. 행복 요양원? 누구를 위한 행복? 국어 시간에 배운 반어와 역설, 모순 따위를 요양원 이름에 빗대어 생각하며 걸었다.

아린이는 지금도 친구들과 감포 앞바다에서 새로 산 비키니를 입고 물장구를 치며 놀고 있겠지. 고개를 숙이고 걷는데 장미를 부르는 소리가 들렸다.

"장미야, 장미야! 파뺑수 먹자."

카페였다. 고개를 들어 보니 할머니가 자주색 꽃바지를 입고 창가 자리에 앉아 있었다.

"할매, 여깄었나? 내가 못 살아."

"젊은 것이 만날 못 살아."

길바닥을 나뒹굴었는지 옷에는 흙먼지가 묻어 있었다. 장미는 할머니 옷을 털어 주며 계산대 쪽을 쳐다보았다. 주인아저씨와 눈이 마주치자 허리를 깊숙이 숙였다. 눈물이 났다. 푸른 하늘을 쳐다볼 수 없었다. 스카이가 앉았던 자리에 할머니가 있어서 그런 게 아니었다. 그냥 눈물이 났다. 장미는 팥물만 남은 빙수를 한 숟가락 떠 입에 넣었다. 아예 빙수 그릇을 들고 마셨다. 밍밍한 팥물을 삼키며 언제부터 있었냐고 물었다. 할머니는 아까 왔다고 태연하게 답했다.

"할매, 나는 어디 가도 할매는 어디 가면 안 된다."

"왜 니는 되고, 나는 안 되는데? 부산 간다 안 했나?"

"맞다, 할매 바다 가고 싶다고 했지. 갈까? 가자."

"난 뱅기 타고 싶은데."

"여기서 부산은 비행기로는 안 되고 기차다."

할머니는 창밖을 올려다보며 비행기 노래를 불렀다.

"가자!"

장미가 할머니를 일으키자 할머니가 엉거주춤 엉덩이를 털며 일어났다. 바지에 새겨진 꽃무늬가 축축하게 젖었다.

"할매, 꽃에 물 줬나?"

장미가 다른 때와 달리 느긋하게 말하며 웃었다. 바다도 산도 좋고, 기차도 비행기도 타고 싶지만 지금은 집에 가는 게 장미의 소원 같지 않은 소원이다. 숙모가 오늘은 꼭, 기필코 올 것 같은 예감이 들었다.

금사빠

양쭈쭈

지나가 학원 버스를 타고 떠나자 채린이 오디션장에 같이 가 달라며 또다시 노래를 불렀다. 내가 태권도 도장에 가야 한다고 해도 막무가내였다.

"시연아, 제발! 디디크림 사 줄게, 오키?"

등에 멘 내 가방을 잡아당기며 채린이 말했다. 오늘만, 이번 한 번뿐이라며 애걸복걸하더니 별걸로 사람을 낚았다. 도장으로 향하는 걸음이 앞으로 나아가지 못하고 붙들려 버렸다. 월말이라 운동은 없고, 피자 파티가 있는 날이긴 했다. 채린이 화장품을 사 준다고 하니 마음이 피자보다 그쪽으로 확 기울었다. 새로 출시된 디디크림의 효과를 설명하면서 트렌디한 여성을 위한 필수품이라고 했다.

채린이 내 얼굴에 난 잡티의 심각성을 꼬집었다. 무덤덤하게 듣긴 했지만 실은 고민되는 부분이었다. 언제부턴가 뽀얀 얼굴 위로 하나둘 올라오기 시작한 까만 깨들이 이젠 무심히 보고 지나치기엔 산만하게 퍼져 있었다. 콧등과 눈 밑에서 시작해 광대뼈 주위로 딸기 씨처럼 톡톡 박혀 있었다. 채린이 얼굴 관리 비법을 장황하게 설명하더니 너무나 간단하게 내린 처방은 비비도 시시도 아닌 디디크림이었다. 채린은 화장품 매장에서 일하는 언니 덕에 제품 정보에 빠삭해 나는 인터넷보다 채린의 말을 믿고 따랐다. 채린은 바르기만 하면 잡티가 싹 가려진다며 커버력이 짱짱하다는 제품을 추천했다. 내가 고개를 끄덕이자 갖고 싶냐고 물었다. 이건 뭐지? 분명 좀 전에는 사준다고 했으면서. 그렇게 채린의 이야기는 오디션장으로 자연스럽게 옮겨 갔다.

청소년 수련원에서 새로 만드는 연극반은 백 퍼센트 학생 참여 프로그램이었다. 학생들이 대본 집필 과정부터 배역 선정, 무대를 꾸미는 데도 직접 참여하기 때문에 연극이라는 종합 예술을 체험할 수 있는 좋은 기회라고 했다. 들어보니 딱 전공 연계 수업 같았다.

"거기 배우 지망하는 애들이 가는 데 아냐? 너 연극 좋아해?"

"해 보고 싶어."

나는 채린이 연극에 관심 있는 줄은 생각도 하지 못한 터라 의아했다. 채린은 지역 공연 단체와 협업하여 더 큰 무대에도 설 수 있다고 설명했다. 또한 오디션을 통해 뽑힌 지역 청소년

들이 연극을 이끌어 갈 주인공이라며 이번 연극에 참여하는 게 올해 목표라고 했다. 나한테는 그냥 같이 가서 자기 옆에 있어 주기만 하면 된다고 했다. 친구가 저토록 원하는데…….

"알았어, 가자 가!"

채린은 내 대답을 듣자마자 늦었다며 빨리 가자고 재촉하더니 앞서 걸었다. 기다랗고 윤기 나는 채린의 머리에 대고 연극이 그렇게 하고 싶냐고 물었다. 고개를 끄덕이는 채린의 머리가 햇빛을 받아 은발로 빛났다. 채린은 말도 잘하고 똑똑하고, 곰곰 생각해 보니 연극적인 구석이 많았다. 손짓이나 몸짓, 얼굴에 드러난 표정까지. 나는 잰걸음으로 채린 앞으로 가서 그 얼굴을 다시 한번 보았다. 은근하게 미소 짓는데 벌써 연극 배우가 된 것처럼 얼굴에 비장함이 가득했다. 그렇게 디디크림을 미끼로 던진 채린과 그 미끼에 걸려든 나는 청소년 수련원으로 가는 버스에 올랐다.

버스는 한적한 시골길에 우리를 내려놓고 떠났다. 교복을 입은 학생들 예닐곱 명도 우르르 버스에서 내려 제각기 걸어갔다. 정류장 푯말에는 '후미산 입구'라는 글씨 아래 '청소년 수련원'이라고 쓰여 있었다. 청소년 수련원이 최근에 생겼는지 글씨체가 다르고, 하얀 페인트 색이 투명하게 빛났다.

정류장을 지나 곧장 비탈진 길을 올라가며 왜 이런 곳에 수련원을 지었는지 모르겠다고 채린이 투덜댔다. 학생들이 이용하기에는 교통이 불편해 오디션에 오는 사람이 없는 거 아니냐며 주변을 둘러보았다.

"저기 올라가는 애들 정도뿐일 것 같은데……. 채린아, 네가 주인공이다!"

채린은 땀을 흘리면서도 생글생글 웃으며 대답했다.

"아이고, 우리 시연이! 이럴 때 넌 정말 꿀이야, 허니~."

"양쭈쭈, 징그러워! 근데 된다고 해도 걱정이다. 어떻게 다니려고?"

"되면 잘 다녀야지!"

"어떻게 안 거야, 연극반은? 그나저나 여기 오르내리는 거 장난 아니겠는데."

나는 진심 오르막이 걱정되었다. 5월이라 그리 더운 날도 아닌데 땀이 비 오듯 흘러내렸다. 그렇게 10분쯤 묵묵히 걸어 정상에 올라서야 탄성이 절로 나왔다. 잘 가꾼 초록의 잔디밭이 눈에 확 들어왔다. 사방이 뻥 뚫린 언덕 위에 오른쪽으로는 체육 시설을 갖춘 근린공원이 보였다. 또 왼쪽으로는 빨간색, 노란색, 파란색으로 칠한 건물 세 채가 물결처럼 이어져 마치 하나의 조형물 같았다. 같이 걸어오던 학생들도 감탄사를 쏟아냈다. 우리는 조금 전에 교통이 불편하네, 오르막이 짜증 난다고 한 불평을 싹 다 지웠다. 청소년의 정서 함양을 위해 초록이

짙은 자연 속에 이런 게 생긴 거라고 칭찬했다. 승용차에서 또래 아이들이 하나둘 내리는 것을 보고 서둘러 자기계발관을 찾아 걸어갔다.

자기계발관은 파란색 건물로, 입구에는 청소년 상시 프로그램이 빼곡히 적힌 현수막이 걸려 있었다. 바닥에 붙은 연극 오디션장 위치를 알리는 화살표를 따라갔다. 건물 지하로 내려가는 계단에 학생들이 길게 줄지어 서 있는 걸 보고 나와 채린은 표정이 굳어졌다. 오디션을 보러 온 친구들이 생각보다 많아 당황했다. 우린 길게 이어진 줄 뒤에 섰다. 생기발랄하게 웃던 채린은 어디로 사라지고 긴장한 기색이 역력했다. 주위를 둘러보니 극장 입구부터 이어진 줄은 뱀이 똬리를 튼 것처럼 구부러졌다 펴지길 두세 번 했다. 나는 채린에게 나처럼 따라온 친구들이 많은 거 아닐까 하며 손가락으로 나를 가리켰다. 채린이 희미하게 웃었다.

진행 요원이 줄과 상관없이 인터넷으로 접수할 때 받은 번호 순서대로 호명할 거라고 말하자 줄이 일시에 흩어졌다. 나는 채린이 들고 있는 접수증을 받아 살펴보았다. 채린은 뭘 찾는지 주위를 둘러보느라 정신없었다. 뭐 하느냐는 내 질문에 채린은 뽀얀 우윳빛 피부에 바람에 날리는 긴 머리, 굳게 다문 입가로 퍼지는 살인 미소, 형용할 수 없는 말들이 가득 담긴 눈빛 따위를 황홀하게 늘어놓았다. 또 제이 님이야? 채린은 반 친구들 앞에서처럼 교회 오빠 제이에 대해 또 떠들어 댔다.

채린의 주된 목적이 오디션이 아니라는 걸 알게 되자 속았다는 생각이 들었다. 뭐라고 한마디 하려는데 진행 요원의 말에 정신이 번쩍 들었다.

"47번, 47번 없어요? 그럼 48번으로 넘어갑니다."

"여, 여기요. 여기!"

나는 접수증을 높이 들어 보이며 크게 소리쳤다. 채린은 창피하다며 얼굴을 가리고 뛰어갔다. 나는 의자에 놓인 채린의 가방을 챙겨 따라갔다. 확실히 채린은 연극이 아니라 교회 오빠한테 꽂혀 있었다. 제사가 아니라 젯밥인 건가.

극장 안 무대 위에서는 연기가 펼쳐지고 있었다. 연기자의 목소리가 울려 긴장감이 높아졌다. 무대가 커서 압도하는 힘이 컸다. 채린은 무대 아래 대기석에 앉아 있고, 나는 계단 통로에 쭈그려 앉아 오디션을 받고 있는 학생들을 지켜보았다. 이마저도 겨우겨우 사정해서 들어온 거였다. 무대에서 연기를 하는 남학생은 몸이 나무토막처럼 굳은 채 대사를 외웠다. 줄리엣에게 사랑을 구하는 로미오가 마치 로봇 같았다. 이어서 특기라며 로봇 춤을 추는데 딱 대사 외운 만큼의 실력이었다. 로미오와 로봇 춤이라니 뭔가 따로 노는 분위기였다.

심사 위원이 다음 번호를 불렀다. 남학생이 기타를 들고 무대에 올라 손을 흔들어 인사했다. 마른 몸에 하얗고 긴 얼굴, 옆으로 흘러내린 머리와 뒤로 한 뼘도 안 되게 묶은 머리, 까만 플라스틱 귀걸이가 눈에 거슬렸다. 나름 스타일이랍시고 묶고 늘어뜨린 것 같은데 내 취향은 아니었다. 남학생이 기타 줄을 튕기며 연주를 시작했다. 클래식 곡이 흘러나왔다. 뭐지? 스타일은 힙합인데 연주는 클래식?

감미로운 기타 연주에 눈을 감으려다 채린과 눈이 마주쳤다. 채린이 나를 보며 웃었다. 왜? 내가 입 모양으로 물었더니 채린이 손가락으로J를 그렸다. 제이? 교회 오빠?

나는 의아해하며 무대 위 남학생을 보았다. '뽀얀 우윳빛 피부에 바람에 날리는 긴 머리, 굳게 다문 입가로 퍼지는 살인 미소, 형용할 수 없는 말들이 가득 담긴 눈빛'의 주인공이라고? 전혀 아닌데?

그때였다. 제이 머리 위에 있던 조명이 툭, 투둑 내려오기 시작했다. 조명이 달린 줄이 내려오는 속도가 느렸지만 내 눈에는 선명하게 보였다. 나는 벌떡 일어나 무대 위로 뛰어 올라갔다. 두 팔과 다리를 공중에 대고 힘차게 뻗었다. 얍 하는 기합 소리는 생각보다 컸고, 무대는 순식간에 깜깜해졌다. 아악! 절규와도 같은 제이의 비명이 어둠을 찢고 극장 안에 울려 퍼졌다.

이튿날 채린이 친구들 앞에서 연극 오디션 이야기를 했다. 오디션장에서 자기가 좋아하는 교회 오빠를 만났는데, 그 오빠를 태권 소녀 김시연이 구했다며 내 이야기를 영웅담처럼 늘어놓았다. 시연이 아니었으면 떨어지는 대형 조명에 제이 오빠가 크게 다쳤을 거라며 채린이 한숨을 내쉬었다. 그 뒤로도 교회 오빠 이야기가 길게 이어졌다.

친구들이 제이가 그렇게 멋지냐고 나에게 묻는데 5초 정도 고민이 되었다. 나는 남자가 너무 매끈하게 생긴 것도, 머리를 묶는 것도, 귀걸이를 하는 것도 좋아하지 않았다. 나에게 제이는 전혀 떨림이 없는 남자였다. 채린은 내 눈치를 살피면서 애써 시선을 피했다.

"채린이 말대로야!"

내가 엄지를 세워 보이자 친구들은 공연이 언제냐며 꼭 보겠다고 했다. 채린은 친구들 이름을 공책에 적고는 연극표가 나오면 주겠다고 했다. 배우로 뽑힌 것도 아닌데 친구들 이름을 적는 채린이나 초대해 달라고 말하는 아이들이 우스웠다.

하굣길에 채린은 전화를 받느라 걸음이 뒤로 처졌다. 지나는 영재학교 준비를 너무 늦게 시작해 정신없다며 불안해했다. 나는 1년이나 남았는데 무슨 걱정이냐며 늦지 않았으니 잘 준비하라고 다독였다. 지나는 나에게 체육 고등학교 진학에 대해 물었다. 나는 생각해 본 적 없고 태권도가 재미있어서 하는 것뿐이라고 대답했다. 내가 능력을 썩히는 게 안타깝다며 잘 생각해 보라는 지나의 말이 싫지 않았다.

채린이 내 어깨를 툭 치며 휴대폰을 건넸고 얼떨결에 전화를 받았다. 휴대폰 너머의 여자가 대뜸 연극을 같이 하자고 했다. 어찌 된 영문인지 몰라 채린을 보는데 이미 앞에 가고 없었다.

"전 지원한 학생이 아닌데요, 쭈쭈는요?"

"쭈쭈?"

"아, 그게…… 그러니까 양채린이요. 지원한 제 친구요."

채린은 합격자 명단에는 없고, 대기자 명단에 있다고 했다. 대기자는 얼마나 기다려야 하는지 물어보려다 그냥 전화를 끊었다. 옆에 있던 지나가 호기심을 보였다.

"네가 뽑히고 채린인 떨어진 거야? 대박, 축하해!"

"무슨…… 내가 왜?"

"기회잖아, 해 봐."

갑자기 신나는 일을 만난 것처럼 지나가 호들갑을 떨었다. 내가 연극에 관심이 없다고 하는데도 지나가 특유의 억지 해석을 늘어놓았다. 그게 친구 사이의 의리인 줄 아느냐며, 자기가 채린이라면 그런 의리는 하나도 고맙지 않을 거라고 했다. 그게 너와 나의 차이라고 말하려다 입을 다물어 버렸다. 확실히 우리 셋은 제각각이다. 자기를 봐주기를 바라는 채린, 자기 일에만 매달리는 지나, 여기저기 다 신경 쓰는 나. 셋이 청소하는 걸 보고 담임이 세 자매 같다고 했다. 처음 들을 때는 웃고 말았는데 점점 그 말이 맞는 것처럼 느껴졌다.

〈주먹을 펴라〉

기획 의도: 주먹 군단과 스마일 군단의 대결을 통해 폭력이 난무하는 세상에서 사랑만이 우리가 보듬어 안고 가야 할 덕목임을 보여 주고자 한다.

등장인물: 주먹 군단 – 세상 모든 게 주먹 하나로 해결된다고 믿는 집단. 주먹만 믿고 까불다 주먹에 운다.

왕주먹 – 모든 주먹을 휘어잡는 엄지 주먹.

그 외 인물로 검지, 중지, 약지, 새끼 주먹 등이 있다.

스마일 군단 – 어떤 말과 행동에도 미소로 답하는 집단.

칭찬남, 양보녀, 격려 군, 사랑 씨.

기타맨 – 인물들의 심리를 노래로 들려주는 일종의 내레이터.

연출 선생님이 다짜고짜 나에게 왕주먹을 하라고 했다. 이유는 간단했다. 내 태권도 실력을 무대에서 직접 봤기 때문이다. 태권도는 정정당당한 운동이라 폭력에 어울리지 않을 뿐더러 나는 연기를 할 줄 모른다고 말했다. 그러자 연출 선생님은 자신이 알고 있는 태권도 정신에 대해 10분 넘게 설명했다. 그러면서 극의 재미를 더하는 요소이니 태권도를 흉내 내는 정도에서 보여 주자고 했다. 태권도장 관장님은 절대 태권도를 나쁜 데 쓰지 말라고 신신당부했다. 연극에서 보여 주는 것일 뿐이니 분명 나쁜 짓은 아닌데, 악당 왕주먹이 써먹으니 태권도가 나쁘게 보일 수 있을 것 같았다. 어쩌나 고민하고 있는데 채린은 객석에 앉아 시놉시스를 진지하게 보고 있었다. 나를 연극에 끌어들이기 위해 자기가 살신성인의 자세로 작품에 뛰어들었다는 말 같지도 않은 말을 해 나를 황당하게 했다. 실은 그 반대였다. 내가 연극에 참여하는 조건으로 채린도 합격된 것이다.

"어, 반갑다. 태권 소녀!"

채린이 좋아하는 제이가 다가오더니 내 어깨를 툭 쳤다. 나는 채린을 쳐다보았다. 뭐가 재미난 지 채린은 시놉시스에서 눈을 떼지 않았다. 얼굴이 대본에 파묻힐 지경이었다. 좋아하는 오빠를 이런 데서 만나게 되어 쑥스러운 것 같았다.

제이는 다짜고짜 자기 몸에 상처를 냈으니 밥을 사라고 했다. 어이가 없었다. 자기한테 떨어지는 조명을 화려하게 격파해 생명을 구해 준 사람에게 기껏 한다는 소리가 밥을 사라니. 제이는 내 앞에서 자기 목을 가리켰다. 두툼한 보호대를 휘감고 있었다. 그날 공중으로 치솟던 내 발에 무언가가 닿긴 했다, 아주 살짝. 그런데 발차기 한 방에 목이 저렇게 되었다면 그건 분명 운동 부족 탓이다. 어떻게 된 일이냐고 물어보려다 입을 다물었다. 속으로 조용히 하자고 다짐하는데 제이가 자꾸 말을 걸었다. 밥은 먹기 힘드니 죽으로 하자며, 앞으로 수련원 오가는 길에 가방을 들어 달라고 했다. 그 정도는 인간적으로 해 줄 수 있는데 어찌 보아도 방법이 잘못되었다. 채린에게 도움을 청하려고 돌아보는데 어디로 갔는지 보이지 않았다.

제이는 자신은 무대에서 노래하는 기타맨이라 여유가 있으니 태권도를 가르쳐 달라고 했다. 뭐? 보호대는 폼이냐? 웃음밖에 나오지 않았다. 채린은 어쩌자고 저렇게 뻔뻔한 사람을 좋아하는지 가여웠다. 밖에서 들어온 채린이 다가와 인사했다. 제이는 멀뚱한 표정으로 채린을 보았다. 평상시 같지 않게 수줍은 표정의 채린을 보고 있자니 입가가 간질간질했다. 제이가 채린을 너무 무심하게 쳐다봐서 내가 한마디 했다.

"지금 연기해요?"

"응?"

"왜 모른 척해요, 쭈쭈를?"

"쭈쭈? 강아지야? 어디 있어?"

"얘를 모른다고요?"

너무 어이없어 공격하듯 물었다. 채린의 얼굴이 붉으락푸르락하더니 다시 밖으로 뛰쳐나갔다. 제이 오빠의 무심함에 상처받은 듯했다.

"나 재 몰라. 지난번에 오디션장에서 따발총처럼 말하는 거는 봤지만."

"진짜 몰라요? 양채린, 양쯔강, 양쭈쭈! 둘이 같은 교회 다니잖아요."

"교회? 난 성당 다니는데."

갑자기 퍼즐 판에 다른 퍼즐 조각을 갖다 대며 고개를 갸웃하는 기분이었다. 제이에게 3학년이냐고 묻자 2학년이라는 답이 돌아왔다. 나는 따지듯 물었다.

"제이 맞죠?"

"오, 태, 호! 오떼, 퉤퉤, 테오도르 등등."

자기 이름을 말하고 능글맞게 웃는 이유는 뭘까? 나는 오태호를 시답잖게 쳐다보았다. 채린에게 직접 물어봐야 무슨 일인지 알 수 있을 것 같았다. 확실한 건 오태호는 채린이 교실에서 늘 이야기하던 제이 오빠가 아니라는 사실.

수련원 건물 안에서 찾아다니고, 밖으로 나와 운동장과 뒷산을 오르내려도 채린은 보이지 않았다. 결국 혼자 집으로 와 저녁을 먹고 '마왕의 슈퍼 라디오'를 듣고 있는데 휴대폰으로 메시지가 왔다.

'연극 안 해. 대신 전해 줘.'

나는 곧장 전화를 걸었지만 채린은 받지 않았다. 그 대신 답장이 왔다.

'네가 구해 준 그 남학생, 동네 버스정류장에서 몇 번 마주침. 전화 통화 엿듣다 연극 신청한 거 알게 됨.'

나는 재빨리 톡을 보냈다.

'그동안 제이 오빠 좋아한 거 아냐?'

'나한테만 잘하는 줄 알았는데 모두에게 친절한 제이라 차단함.'

'그럼 덮어씌운 거야?'

대답이 없어 나는 알고 있는 내용을 전해 주었다.

'네가 관심을 갖고 지켜보는 그 남학생은 우리와 같은 학년이고, 이름은 오태호야.'

'알고 있어.'

'뭐? 나만 몰랐어? 아, 바보!'

자책하는 톡을 보내고 나니 기운이 쏙 빠졌다. 손가락을 힘들게 움직여 분풀이하듯 썼다.

'연극은 어쩌면 네 삶 속에 있는 것 같다.'

5분도 안 되어 채린에게 전화가 왔다.

"널 속일 의도는 아니었지만 사과할게."

나는 당황스러웠다. 그런데 왜 거짓말을 하고 사람을 헷갈리게 한 거냐고 묻고 싶었지만 도저히 엄두가 나지 않았다. 채린은 무대에 설 자신이 없다고 했다. 나를 보는 게 두려운 건 아니고? 오태호를 볼 낯이 없는 거겠지! 힘을 내 솔직한 내 심정을 드러냈다.

"양쭈쭈, 너 금사빠야? 금사식이었군."

나도 모르게 채린을 비난하는 꼴이 되고 말았다. 금방 사랑에 빠지고, 금방 사랑이 식는 아이. 교회 오빠에 대한 마음이 시들해지면서 연극 하는 남자애로 갈아탔고, 친구들에게 일일이 말하긴 창피해 슬쩍 덮어씌웠는데 나한테 딱 걸렸다.

한 사람에게 집중하라는 내 말에 채린이 픽 바람 빠지는 소리를 내며 웃었다. 같이 한 사랑도 아니고, 혼자 좋아하다 그만두는 데도 책임이 따르냐며 억울하다고 했다. 같이 한 사랑이야 서로에게 책임도 있고 의무도 있겠지만 혼자 마음으로만 좋아하다가 접는 건데, 그것도 금사빠라고 하는 건 좀 아니라는 말에 나는 맞받아쳤다. 그럼 사랑을 혼자만 하다 끝내지 말고 고백하고 부딪쳐 보는 건 어떠냐고. 용기가 없어서 못 하는 거 아니냐고.

나는 밤늦도록 휴대폰을 붙잡고 채린이 새로 시작한 사랑에 가이드로 적극 나섰다. 사랑도 안 해 본 내가 말이다. 금방 사랑하고 금방 식어 버리는 친구에게 어떻게 하면 상대의 매력을 오래 들여다보게 할 것인가가 핵심이었다. 나날이 새로워야 한다, 남녀 사이도 공부해야 발전하는 거 아니겠냐며 인터넷에서 돌아다니는 말을 주절대며 풀었다. 채린이 감탄사를 잇따라 쏟아 내며 집중했다.

"그러려면 어떻게 해야 하는데?"

"음, 그러니까 잘! 처음 마음처럼 잘 사랑하면 되지."

그렇게 같은 말만 맴돌다 둘은 누가 먼저랄 것도 없이 그대로 잠이 들었다.

일주일에 두 번 수련원을 드나들며 시놉시스를 바탕으로 대본을 짜고 무대 장치를 준비하며 보내는 시간이 생각보다 재미도 있으면서 흥분되었다. 나는 왕주먹 역할을 소화하기 위해 분장으로 얼굴을 찢고, 머리를 짧게 자르고 염색했다. 연극에서처럼 부러 거칠고 사나운 말투를 쓰다가 엄마한테 혼나기도 했다. 태권도장 관장님은 기꺼이 내 주먹질의 연습 상대가 되어 주었다. 채린은 할머니 역할이라 연습 내내 허리를 구부리는 게 고달프고 머릿수건을 덮어쓰느라 머리가 눌려 스타일이 안 산다며 투덜댔다. 무대에서 극의 상황을 노래로 전하는 오태호만 한가로웠다. 오페라의 아리아 같은 장중한 맛이랄까 그런 분위기는 아니었지만 그 나름대로 연주가 감미로워 들어 줄 만했다.

태호는 목 보호대를 풀고 나서는 틈나는 대로 발차기나 방어법을 나에게 배웠다. 말할 때는 수다쟁이지만 태권도를 배울 때는 꽤 진지했다. 마른 몸을 강하게 다지고 싶다고 했다. 많이 먹어도 살이 안 찌는 특이 체질이라는 말에 나와 채린은 그게 세상에서 제일 부럽다고 했다. 우리는 연습이 끝나면 수련원 지하 구내식당에서 떡볶이에 버무린 순대와 햄버거를 먹고,

아이스크림을 하나씩 손에 들고 버스를 타러 언덕을 내려왔다. 태권도 교습비 명목으로 태호가 늘 분식을 샀고, 나와 채린이 번갈아 가며 아이스크림을 샀다.

나와 태호는 태권도를 매개로 편하게 말을 주고받는 사이가 되었고, 채린은 여전히 태호를 어렵고 불편해했다. 채린은 태호 앞에만 서면 술술 나오던 말도 딱 멈춰 버린다고 했다. 태호 앞에서 채린은 눈에 띄게 다른 사람이 되었다. 태호도 채린에게는 어색하다 싶을 정도로 예의를 차렸다. 태호와 채린의 거리를 좁히기 위해 내가 나서지 않을 수 없었다.

구내식당에 둘을 남겨 두고 혼자 빠져나오면서 떡볶이 국물에 버무린 오징어튀김이 눈에 아른거렸다. 우리 둘의 우정과 채린의 사랑을 위해 그 정도는 참기로 했다. 침을 꿀꺽 삼키며 버스를 타고 도장으로 향했다. 휴대폰이 몇 분 간격으로 길게 진동했다. 서서히 간격이 길어지는 걸 즐기며 휴대폰을 세게 움켜쥐었다. 채린과 태호가 진짜 커플이 되기를 진심으로 바랐다. 쭈쭈와 퉤퉤 커플의 탄생.

도장에서 수련을 마치고 나오는데 휴대폰이 꺼져 있었다. 할 애기가 무진장 많은 채린의 표정이 그려져 웃음이 나왔다. 집으로 향하는 길에 나도 모르게 콧노래를 흥얼거렸다.

"난 여자이니까 한 남잘 사랑한. 난 채린이니까 태호를 사랑한. 난 쭈쭈이니까 퉤퉤를 사랑한……."

되지도 않는 노래를 부르며 킥킥 웃고 있는데 익숙한 목소리가 나를 불렀다.

"시연아!"

채린이 아파트 입구에 서 있었다. 예상대로라면 채린은 지금 태호와 나란히 공원길을 걷거나 채린의 집 앞에서 태호가 손을 흔들며 인사를 해야 했다. 채린이 전철로는 한 정거장이지만 버스로는 세 정거장이나 되는 우리 집 앞에 있다는 건? 나는 재빨리 채린의 표정을 살폈다. 싱글벙글도 아니고 휴지처럼 구겨진 인상도 아닌 흔하지 않게 무표정이었다.

우리는 벤치로 가서 앉았다. 차마 먼저 물어볼 수 없어 눈치만 살폈다. 채린이 두 발을 까딱거리며 장난을 쳤다. 인터넷 쇼핑몰에서 샀다는 웨지힐 샌들을 신고 있었다. 신발주머니가 볼록한 걸 보니 실내화에 운동화까지 집어넣은 것 같았다. 수련원 가는 날이라고 잔뜩 멋을 부린 게 그제야 눈에 들어왔다. 짧은 반바지에 초록색 발톱, 화장품 매장에서 한참을 고르던 매니큐어였다. 나한테 어떠냐고 묻기에 너무 튄다 했더니 그렇지? 하면서 집어 든 녹색 네일 컬러.

"예쁘네. 잘 어울린다."

채린의 길쭉한 발가락에 잘 어울렸다. 나라면 평생 키워 보지 못할 초록 잎을 매단 나뭇가지 같은 발가락이었다.

"걔가 너 좋대."

채린이 자기 발가락을 들여다보며 말했다.

“개?”

내가 개처럼 멍멍 짖는데도 채린은 웃음기 없는 얼굴로 퉤, 할 뿐 다른 때처럼 침을 뱉듯이 퉤퉤퉤 장난치지 않았다. 태호가 부탁해서 전하는 말이라고 덧붙이기까지 했다.

“개 뭐니? 넌 또 뭐고?”

나는 채린이 하는 말도, 태호가 했다는 말도 강하게 부정했다. 난 아니라고 단호하게 고개까지 흔들었다. 채린이 가라앉은 목소리로, 그 아이의 마음을 알게 되었는데 무슨 말이 필요하냐고 했다. 태호가 쌩할 땐 혹시나 하며 자기를 좋아하는 줄 알았는데 완전히 착각이었다고 했다. 태호는 분식집에서 계속 나를 찾았고, 시연을 좋아하냐고 묻는 채린에게 ‘나를 구해 준 뒤부터……’라고 한 뒤 다른 말을 잇지 못했다고 했다. 나는 아무 말도 하지 못했다. 채린의 말이 이어졌다. 태호가 나에 대한 마음을 털어놔 채린은 마음은 아팠지만 태호의 고민을 들어 주다 둘이 조금 친해진 것 같다며 자신은 그 정도면 됐다고 세상일에 체념한 사람처럼 말했다. 나는 반박했다. 그게 친구에게 보여 줄 수 있는 내 마음이었다.

“채린아, 난 오태호 퉤퉤다, 퉤퉤!”

나는 오태호를 좋아하지 않으니 신경 쓰지 말라고 했다. 말 많고 뻔뻔하고, 잘난 척하는 남자는 질색이라고 하자 채린이

나를 빤히 보았다. 그동안 자기가 오태호 이야기하는 걸 어떻게 참고 들어 주었냐는 눈빛에 움찔했다. 너무 몰입한 나머지 진심을 들켜 버렸다. 채린이 풀 죽은 얼굴로 말했다.

"난 왜 너처럼 그런 게 안 보일까?"

"너는 너고, 나는 나니까. 각자의 취향은 존중!"

마지막 말은 둥글둥글 모나지 않게 말했다. 오태호를 좋아하는 네 취향은 존중한다는 의미였다. 친구 사이지만 사람을 보는 관점까지 똑같을 필요는 없고, 서로 있는 그대로 인정해 주면 된다는 내 생각을 채린에게 이야기했다.

채린이 간다는 말도 없이 일어나 힘없이 걸었다. 평상시 통통 튀는 걸음걸이의 채린이 아니었다. 채린의 뒷모습을 보니 괜히 내 마음이 답답했다.

수련원 입구에 다다르자 등줄기로 땀이 주르르 흘렀다. 숲에서 울어 대는 매미 소리에 가뿐해야 할 몸이 마음까지 무겁게 눌렀다. 이번 주부터 일주일에 세 번으로 연습이 늘어나는데 이런 기분으로 참여하면 내 배역인 절대 권력 왕주먹처럼 나 때문에 공연이 망할 것 같다. 그만두고 싶은 마음을 채린에게도 내비치지 못한 채 묵묵히 걷는데, 채린은 옆에서 새처럼 조잘댔다. 할머니 흉내를 내며 구겨진 허리를 펴고는 손 방망이질하는데 그 모습이 극에서처럼 자연스러웠다.

"시연아, 넌 어떻게 생각해?"

"응, 뭐?"

"좀 전에 올라간 연출부 선배."

"누구?"

"얘 좀 봐, 같이 인사해 놓고."

채린이 내 팔을 잡아 세웠다. 걱정하는 얼굴로 무슨 고민이 있냐고 물었다. 그런 것 없다고 고개를 흔들었다.

수련원에서는 방학 동안 연출 선생님을 도와 예술대학 연극 전공 선배들이 재능 기부로 연기를 가르쳐 주기로 했다. 채린은 지난주부터 나온 대학생 오빠에 대해 이야기하기 시작했다. 듣다 보니 양채린의 병이 또 시작되었구나 싶었다. 사랑의 힘으로 진짜 잘해 보겠다고 하는데, 어쩜 채린은 지칠 줄 모르고 누군가에 대한 마음이 그토록 찬란히 빛나는지. 나는 부러움이 아니라 버거운 눈빛으로 채린을 쳐다보았다. 그러거나 말거나 채린은 그 오빠가 다니는 대학에 가는 꿈이 생겼다며 신나게 떠들었다. 나는 며칠 전 채린이 집 앞에 오고 난 뒤부터 이렇게 맥없이 있는데 확실히 나와 채린은 사랑에 대한 근력이 달랐다.

나는 언덕길에서 힘없이 고개를 흔들며 빠빠빠 금사빠, 양채린 노래를 흥얼거렸다.

"왕주먹, 할매! 같이 가."

뒤돌아보지 않고도 태호라는 걸 알 수 있었다.

"야, 너?"

채린은 발끈하며 눈을 흘겼고, 이젠 내가 태호를 보는 게 불편했다. 그냥 모른 척 걷는데 채린이 내 팔을 툭 쳤다. 나는 채린을 쳐다보았다. 채린은 태호를 보고 있었다. 태호는 짧게 자른 머리에 반지도 귀걸이도 없는 말쑥한 차림새였다. 나라면 절대 입을 수 없는 스키니 청바지에 하얀 면티 차림으로 연신 머리를 만졌다. 다른 날 같으면 이미 수다가 이어졌을 텐데 말도 하지 않았다. 되지도 않게 묶은 머리, 삐져나온 옆머리, 플라스틱 귀걸이에 팔찌와 반지, 끊임없이 내지르던 수다까지 사라지자 마치 오태호가 몸에서 쏙 빠져 나간 것 같았다. 한마디로 콘셉트를 잃어버린 배우 같다고나 할까.

채린이 내 귀에 대고 뭐라고 소곤대는데 후끈한 입김이 귀를 간지럽혔다. 마음이 한층 더 우울해졌다. 나 때문이라고? 나는 고개를 흔들며 채린을 보았다. 내 스타일이냐고? 노노노! 네가 좋아한 애잖아, 난 아니야. 나는 채린과 눈으로 속삭이다 괜히 태호에게 화살을 돌렸다.

"너 기타맨 잘리는 거 아냐? 그나마 주렁주렁 달고 다녀서 볼 만했는데."

"이상해? 못 봐주겠어? 나도 어색해 죽을 맛이다."

잘린 머리는 어쩔 수 없다지만 염색이라도 해서 스타일을 복구해야겠다며 태호가 짧은 머리를 쥐어뜯었다. 괜히 내가 미안했다.

채린이 할머니처럼 에구구, 에구구 하며 극장 계단을 내려갔다. 나는 태호를 불렀다. 태호가 뒤를 돌아 나를 올려다보았다. 마음 정리를 해야 온전히 나로 돌아갈 수 있을 것 같아 어렵게 입을 열었다.

"지금 이대로의 우리가 좋다, 나는 그렇다."

입이 제멋대로 한 말을 귀가 듣고는 온몸의 피부가 반란하듯 오소소 일어났다. 낮게 깔린 목소리로 시의 한 구절을 읊었는데 태호는 모르는 것 같았다. 무식해 정말. 마르고 건조한 목소리지만 지하로 내려가는 계단이라 에코가 제법 그럴싸해 한마디 덧붙였다.

"어제의 너도, 오늘의 너도 응원함."

"박카스냐?"

"뭐?"

태호가 팔을 올렸다 내리며 파이팅을 외쳐 웃음밖에 안 나왔다. 채린에게 들은 말이 있어 며칠 고민한 건데 박카스 광고라니. 확실하게 내 마음을 표시하는 게 오늘의 숙제니까 다시 시도해 보자 마음먹었다.

"야, 퉤퉤. 자꾸 노래 까먹지 말고 연습 한 번에 가자!"

그냥 친구로 잘 지내자는 말이 이렇게나 어려울 줄이야. 나는 애가 타 주먹을 날렸고, 태호는 날렵하게 피한다고 까불다 거의 다 내려온 계단에서 굴렀다. 순발력을 발휘해 계단 난간을 잡을 생각은 왜 못 하는 건지. 나는 앞이 깜깜했다. 연습이 시작되기도 전에 왕주먹 역할을 그럴싸하게 해 버렸다. 태호의 과몰입 연기는? 글쎄. 계단 아래 벌러덩 누워 있는 태호를 어떻게 일으키나 지금은 그게 제일 큰 숙제다. 부디 아픔이 없기를!

점토 인형

주먹질 몇 번에 대문에 붙어 있던 간판이 떨어졌다. 건우는 네모난 아크릴 간판에 대고 분풀이를 했다. 글자 가운데 성한 것은 하나도 없이 깨져 아크릴 조각이 사방으로 튀었다. 그렇게 '다니엘 홈스테이'가 사라지길 바랐다. 대문 안에서는 도기가 사납게 짖었다. 철로 된 문을 두드리느라 얼얼해진 손을 감싸 쥐는데 순간 발목이 저릿했다. 간판을 밟다 발목이 꺾인 모양이다. 몸이 한쪽으로 기울었다. 건우는 화가 치밀었다.

"이렇게 쫓아내는 게 어딨어?"

방값이 서너 달도 아니고 한 달 반 밀렸다고 짐을 빼 버리다니 어이없었다. 건우는 용돈마저 송금받지 못해 통장이 비어 있었다. 부모와 전화 통화도 안 되고 속이 타는 마당에 하숙집까지 이리되니 누구 말마따나 필리핀에서 국제 미아가 되는 거 아닌가 조바심이 났다.

"그러고도 교회 집사야? 하느님은 액세서리지."

건우는 문에 대고 거칠게 쏘아붙였다. 주체할 수 없는 화가 속에서 끓어 넘쳐도 할 수 있는 게 아무것도 없었다. 허기진 배를 움켜쥐고 뙤약볕 아래 서서 이마에서 흘러내리는 땀을 닦았다. 오가는 사람이 없는 게 그나마 다행이었다. 이 빌리지는 정문과 후문 입구에 초소가 배치된 치안 안전지대로, 주민들은 주로 자가용을 이용하기 때문에 걸어 다니는 사람은 다니엘 홈스테이에 거주하는 한국 아이들뿐이다.

커다란 대문을 사이에 두고 이편에서는 건우가 저편에서는 도기가 대치한 상황, 도기는 쉬지 않고 계속 짖었다.

"똥개 새끼야, 6개월을 지냈는데도 못 알아보니? 주인하고 똑같아요, 아주 그냥."

건우는 툴툴거리며 상자가 널린 바닥을 보았다. 커다란 여행 가방에 걸터앉으며 종이 상자 하나를 열었다. 책상 위를 쓸어 담았는지 책과 공책, 필기구에 칫솔, 샴푸, 영양제 따위가 뒤섞여 있었다. 건우는 상자 뚜껑을 던지며 다시 일어나 대문을 발로 세게 찼다. 순간 악 비명이 절로 나왔다. 삔 발목이 확 돌아간 것 같았다. 통증에 눈물이 왈칵 쏟아졌다.

"씨, 이러려고 보낸 거야?"

건우는 대책 없는 부모에게 화가 났다. 건우가 필리핀에 오자마자 이혼하더니 서로 부양 의무를 떠넘기는지 건우를 폼 안

나게 했다. 건우는 여행 가방을 열어 옷 위로 상자에 있는 물건을 쏟았다. 그렇게 바퀴 달린 가방에 대충 쑤셔 넣고 전화를 걸었다. 이럴 때 딱인데, 건우는 팔아 버린 블루투스 이어폰이 간절했다. 어깨와 귀 사이에 폰을 끼운 채 주택가를 나서는 건우의 발걸음이 심하게 뒤뚱거렸다.

자녀 양육 프로젝트가 시작되는 날, 마닐라 주니어 하이스쿨 4학년 학생들은 모두 엄마 또는 아빠가 되어 점토로 만든 아기 인형을 돌보게 된다. 학교의 전통이 깃든 행사로, 남녀의 건강한 연애가 이상적인 가족 관계를 이루며 이를 통해 사회 질서를 확립한다는 취지로 진행되는 수업이었다. 이 프로젝트의 성공적인 사례는 졸업생들의 수기에 고스란히 드러나 교육계에 좋은 본보기가 되었다. 제일 먼저 파트너를 정하고, 아기 모형을 만든 뒤 함께 양육 계획을 세우고 실천하면서 한 달 동안 부모 체험을 하게 된다. 누구와 짝을 이루어 프로젝트를 진행하게 될지 아이들의 마음은 한껏 부풀었다.

수업 종이 울리고 한참이 지났는데도 티처 에반이 들어오지 않자 아이들은 웅성거렸다. 레이나는 기도문을 외우며 패트릭이 짝이 되기를 간절히 바랐다. 문이 열리고 에반이 들어오자 아이들의 함성이 폭죽처럼 터졌다. 레이나의 입에서도 비명이 나왔다. 항상 통 넓은 청바지에 목이 늘어난 티셔츠 차림이던 에반이 차이나칼라 셔츠에 검은 정장을 입고 나타났다. 그 모습이 마치 미사를 집전하는 사제 같았다. 에반이 흠흠, 목을 다듬자 시끌시끌하던 교실이 순식간에 조용해졌다. 무슨 말이 나올까 모두 수염에 가려진 에반의 입만 쳐다보았다.

"아 유 레디?"

"예썰!"

교실이 떠나갈 듯 아이들은 한목소리로 대답했다. 부모 될 준비치고는 꽤나 우렁찬 힘이 느껴졌다. 에반은 불타는 아이들의 눈빛에 답하듯 곧장 명단을 불렀다. 샘과 다이안, 니콜라와 주디, 건 송과 레이나, 패트릭과……. 환호와 투덜거림, 찡그린 표정, 쑥스러운 미소가 뒤섞였다. 저마다 속마음을 얼굴에 한껏 드러내지 못한 채 어정쩡하게 일어나 자리를 옮기는데 레이나가 손을 들었다. 에반이 고개를 끄덕였다.

"파트너 바꿔 주세요."

"왜?"

"그건, 그건 말할 수 없지만 아무튼요."

손을 번쩍 들 때의 단호함은 어디 가고, 레이나는 이유를 설명하지 못했다. 에반이 반 아이들에게 눈을 감으라고 했다. 파트너가 마음에 들지 않는 사람은 손을 들어 보라고 하더니 그 상태로 눈을 뜨게 했다. 서너 명만 빼고 모두 손을 들었다. 봤지, 하는 표정으로 에반이 레이나를 보았다. 아이들은 손을 내리며 상대에게 입을 내밀거나 눈을 부라리다 곧 허탈하게 웃었다.

에반이 어수선한 가운데 입을 열었다.

"지금부터 두 사람은 한 가족을 이루는 거야. 우리 프로젝트는 부모 되는 연습을 하려는 거지, 너희의 연애를 부추기려고 만든 게 아니라는 걸 명심해. 아이를 키우며 부모의 마음을 이해하고, 각자 자라 온 환경을 돌아보며 앞으로 어떤 부모가 되어 자녀를 키울 것인가를 마음에 새기길 바란다."

레이나는 패트릭 쪽으로 고개를 돌렸다. 패트릭은 기분이 좋은지 한껏 웃었다. 은색 치아 교정기가 반짝 빛났다. 레이나는 작고 뚱뚱한 체구의 패트릭에 반한 것도 아니고, 멍게처럼 여드름이 오돌오돌 올라온 그의 얼굴을 사랑스럽게 봐줄 여유도 없었다. 다만 기사 달린 벤츠를 타고 다니는 패트릭의 사치를 옆에서 같이 누려 보고 싶었다. 또한 패트릭의 아빠가 운영하는 중국 레스토랑에 갈 수 있겠거니 막연히 기대했다. 씁쓸함을 감추지 못한 채 걸음을 옮기는데 파트너인 건 송은 무심하게 스프링 노트에 뭔가를 끄적이고 있었다.

건우는 종이에 인쇄된 흐리고 탁하게 나온 사진을 들여다보았다. 지난해 마닐라 주니어 하이스쿨 3학년 학생들이 다녀왔다는 나수부 해변이었다. 바다를 등지고 서 있는 아이들의 표정은 하나같이 천진난만해 보였다. 초등 과정에 이어 바로 주니어 하이스쿨로 진학하는 이곳 학제 때문이기도 했지만 한국에서 고등학교 2학년을 마치고 온 건우에게는 반 아이들이 동생으로밖에 보이지 않았다. 사진 속 레이나는 희미하게 보였다. 건우는 두 눈을 부릅뜨고 다시 보았다. 카메라를 쳐다보는 레이나의 눈빛은 수업 시간에 파트너를 바꿔 달라던 모습과 달리 차분하고 수줍음 많게 보였다. 150센티미터가 겨우 됨 직한 작은 키에 어깨 아래로 흘러내린 갈색 머리, 짙은 눈동자, 검지로 살짝 누른 듯한 콧대, 그 위에 얹어진 점을 들여다보고 있자니 한국의 유명 연예인이 떠올랐다. 피부 또한 여느 아이들과 달리 뽀얘서 익숙하게 보아 온 얼굴 같았다. 교실에서 아기 형상을 그리는 내내 건우는 레이나의 눈빛을 의식했다. 건우를 꿰뚫어 보는 시선에 증오심이 담겨 있었다. 건우는 하영이 떠올랐다. 자기는 아니라고 발뺌하는 건우를 바라보던 하영의 눈빛이 잊히지 않았다. 문이 열리는 소리에 건우는 기억을 지우듯 고개를 세차게 저었다.

민혁이 밥과 반찬을 담은 접시를 들고 방으로 들어왔다. 밖에서는 달그락거리며 식기가 부딪치는 소리가 들렸다. 저녁 식사 시간이었다. 민혁은 다니엘 홈스테이에서 알게 된 동생으로, 환경이 더 나은 이곳으로 한 달 전에 이사 왔다.

"형, 먹고 접시는 방에 둬. 외부인 들인 거 알면 나 죽어."

건우는 접시를 들고 밥과 반찬을 한꺼번에 입에 털어 넣었다. 그동안 투덜거리며 먹던 푸슬푸슬한 밥알이 달게 느껴졌다. 돈도 떨어지고 집도 없으니 모든 게 절실했다.

부모님과 한 달째 연락이 닿지 않아 인터넷에 들어가 송동구, 한말휘를 검색하니 대학교수와 인테리어 디자이너가 나왔다. 그들은 학과장으로 진급하고 해외에 인테리어 사무실까지 냈다. 둘 다 잘나가는 사람이었지만 정작 건우가 찾는 부모님은 아니었다. 건우의 엄마는 학습지 교사였고, 아빠는 중소기업에 다녀 인터넷에 사진 한 장 올라와 있지 않았다. 아빠가 출근하는 곳이 동구인지 서구인지, 엄마가 다니는 곳이 빨간펜인지 눈높이인지도 헷갈렸다. 확실한 건 연락이 닿지 않는다는 사실이다. 건우는 마닐라에 오면서부터 '시바, 나 지금 잘 사는 거냐?'라는 말을 자주 했다. 그러나 절대 '응'이라는 대답은 나오지 않았다.

기뻐해야 할 순간이지만 레이나는 그다지 신이 나지 않았다. 만들어진 점토 인형 가운데 레이나와 건우가 만든 게 실제 아기와 가장 비슷하다며 에반이 칭찬을 길게 늘어놓았다. 인형의 크기와 무게까지 실물과 비슷했다. 건우가 만든 인형을 레이나는 제대로 쳐다보지 않았다. 에반은 아기 얼굴이 엄마와 아빠를 이상적으로 닮았다며 몹시 흥분했고, 레이나의 어깨를 두드리며 잘 키워 보라고까지 했다. 친구들은 부러워했지만 레이나는 어이없다는 듯 콧방귀를 뀌었다. 파트너와 점토 반죽만 주무르다 날 샜다는 친구도 있고, 도무지 둘의 이상적인 조합이 나오지 않더라며 투덜대는 친구도 있었다. 주위의 반응에 레이나는 그제야 점토 인형을 유심히 보았고 기분이 묘했다. 흙으로 만든 모형일 뿐인데 점토 인형이 진짜 아기처럼 정교했다. 콧등에 있는 점을 보자 소름이 돋았다.

천장이 낮은 복도를 건우가 구부정한 자세로 절룩거리며 걸었다. 레이나는 빠른 걸음으로 건우에게 다가갔다.

"은서 어때?"

건우가 뒤를 보았고, 레이나가 동의를 구하듯 고개를 치켜든 채 서 있었다. 물어보는 게 아니라 통보하는 분위기였다. 건우는 어깨만 한 번 으쓱했다.

"은서 초이 송! 아기 이름이야. 필리핀은 이름 뒤에 엄마 아빠의 성이 나란히 붙거든."

"……."

"건 송? 권총 노래? 필리핀에선 권총 소지하면 잡혀가는 거 알지?"

레이나가 겁을 주듯이 말했고, 건우가 코웃음을 치며 어깨를 가볍게 들썩였다. 레이나는 건우가 보인 반응을 놓치지 않았다. 가는 곳마다 무기 소지죄로 걸리면 어쩌냐며 너스레를 떨었다. 이름 자체가 무기니 필리핀에서 살기 힘들 거라고 레이나가 조잘대자 건우가 입을 열었다.

"그냥 송이라 불러."

"송? 난 초이야. 레이나 초이."

"초이, 초이스?"

건우 말에 레이나가 고개를 흔들었다.

"츠…… 체…… 초…… 이?"

레이나가 미간에 잔뜩 힘을 주고 어렵게 발음했다.

"최?"

건우가 레이나를 보았다. 레이나는 고개를 끄덕였다.

"나 한국인이야. 여기선 코피노라 부르지."

건우는 프로젝트 수업이 시작되던 날, 파트너를 바꿔 달라던 레이나가 떠올랐다.

'내가 한국인이라 그런 거야? 그런데 왜?'

건우는 묻지 않고 속으로 물음표를 남겼다. 레이나가 점토 인형에게 손을 뻗었고, 건우는 들고 있던 바구니를 내밀었다. 레이나는 손잡이가 달린 바구니에서 점토 인형만 꺼내 두 팔로 조심스럽게 안았다. 건우는 빈 바구니를 들고 걸었다.

"은서, 오늘 엄마 아빠랑 옷 사러 갈까?"

레이나가 점토 인형에게 다정하게 속삭이며 건우를 앞질러 걸었다.

에스엠 몰은 오가는 사람들로 북적거렸다. 주말에는 주말이라는 핑계로, 평일에는 더운 날씨 탓을 하며 사람들이 쇼핑몰로 몰려들었다. 백화점과 마트, 영화관, 식당, 크고 작은 가게들이 모여 있는 대형 몰 안은 미로처럼 얽혀 있었다.

레이나는 오른쪽, 왼쪽으로 휙휙 돌아 백화점의 유아 의류 매장으로 들어가 우윳빛 내복과 외출복, 딸랑이와 천 기저귀, 싸개를 골랐다. 점토 인형은 유아차에 앉아 있고, 건우는 그 옆에 서 있었다. 점원이 계산기를 레이나 앞으로 내밀며 환하게 웃었다. 레이나는 건우를 불렀고, 건우는 유아차에서 점토 인형을 꺼내 안더니 아무런 말도 없이 매장을 빠져나갔다. 레이나는 당황스러웠고, 점원에게 미안했다. 다시 계산기를 보는데 동그라미 서너 개가 연달아 보였다. 머릿속을 떠다니던 동그란 풍선이 팡팡 터졌다. 석 달 치 학교 수업료가 아기 옷값과 맞먹었다. 레이나는 두 눈을 가늘게 뜨고 점원에게 미안한 미소를 남긴 채 매장을 나왔다. 건우는 어렵지 않게 찾을 수 있었다. 인파로 북적거리는 쇼핑몰 안에서도 큰 키는 단연 돋보였다.

레이나는 건우를 데리고 플리 마켓에 갔다.

"아, 동묘!"

시장 입구에서 한국말을 하는 건우를 따라 레이나가 말했다.

"도오옹? 히어 우카이우카이!"

레이나는 어설픈 한국말 끝에 이곳은 '우카이우카이'라고 알려 주었다. 건우가 따라 말했고, 레이나는 돈이 없을 때는 우카이우카이만 한 데가 없다며 자랑을 늘어놓았다. 입다 내놓은 청바지나 가방, 신발, 컴퓨터, 가정용품 따위가 길바닥에 깔린 플리 마켓에서 운이 좋으면 사고 싶었던 물건을 싼값에 구할 수 있었다. 레이나는 이내 건우 앞에서 자랑한 것을 후회했다. 주위를 둘러봐도 살 만한 게 없었다. 아기용품이 하나같이 지저분했다. 더러 괜찮은 것도 있었지만 건우에게 들키고 싶지 않아 애써 모른 척 지나쳤다. 아무리 인형이라지만 얼룩이 묻은 턱받이나 내복은 입히고 싶지 않았다. 레이나는 가슴이 답답했다. 부모가 된다는 게 간단하지 않았다. 자식을 키우려면 돈이 필요하고, 거기다 제대로 키우려면 더 많은 돈이 필요했다. 레이나는 엄마가 노래도 부르고 한국 학생들에게 영어까지 가르치는 이유가 자기를 더 잘 키우기 위함이라는 걸 알기에 숙연해졌다.

"레이나."

레이나는 순간 얼굴이 달아올랐다. 건우가 너무나 자연스럽게 이름을 불러 소름이 돋았다. 전혀 상상하지 못했던 이름의 파동을 느꼈다. 건우는 산처럼 쌓여 있는 코코넛 열매를 가리키며 손으로 부채질을 했다. 초가을 날씨라지만 눅눅하고 진득한 열기로 온몸이 끈적하게 젖어 있었다.

시장 한가운데 서서 레이나와 건우는 하얀 코코넛 과육이 떠 있는 부코 주스를 마셨다. 이곳에서는 코코넛을 부코라고 불렀다. 눅진하던 몸이 시원하게 녹아내렸다. 건우는 코코넛 과육이 씹히는 질감이 말랑말랑한 젤리 같아 신기했다. 코코넛을 손도끼로 찍어 안쪽에 붙은 과육을 긁어내는 과정을 유심히 보았다. 레이나는 일회용 컵을 마대 자루에 던지며 돌아섰다.

"진짜 아기한테 이런 데 물건 사 입히면 진짜 능력 없는 부모겠지? 난 진짜 이렇게는 안 살 거야."

레이나는 진짜를 세 번이나 강조하며 말했다. 건우는 아무런 대답도 하지 않았다.

"너 마닐라 클럽 가 봤어?"

레이나가 건우 앞에 얼굴을 들이대며 물었다. 건우는 고개를 흔들었다. 마닐라에 와서 학교와 학원 외에는 가 본 곳이 별로 없었다. 레이나가 웃으며 말했다.

"한국 사람들 많아."

건우가 점토 인형을 쳐다보았다.

"어머, 너는 얘가 진짜라고 생각하는 거야? 하긴 얘도 한국인, 이곳에서는 코피노!"

레이나가 묘하게 여운을 남기며 말했다. 둘은 바구니에 든 점토 인형을 바라보았다. 레이나가 앞장서 사람들 사이로 걸어갔다.

건우는 전철에서 내려 호텔과 쇼핑몰이 밀집한 대로에서

벗어나 레이나를 따라 좁은 골목길을 걸었다. 뻥 뚫린 하늘 아래에서도 건우의 허리는 구부정하게 굽어 있었고, 걸음걸이는 한층 더 심하게 절룩거렸다. 서울 가라오케를 지나니 주막 마포종점이 나왔다. 그 옆으로 인사동 찻집, 신사동 그 사람, 역전다방이 세트장처럼 펼쳐져 있는 풍경 속에서 김밥 전문점과 파리바게트, 신전떡볶이 가게를 발견하고는 감탄했다. 하지만 건우에겐 그림의 떡이었다. 주머니 사정이 좋지 않아 마음대로 들락거릴 수 없는 처지였기에 입만 다시고 고개를 돌렸다. 동의보감 한의원과 연세 사랑니 치과를 보다가 레이나가 저 앞에서 기다리는 것을 보고 걸음을 서둘렀다.

건우는 한국 가게들이 마닐라의 한 동네에 나란히 모여 있는 게 믿기지 않았다. 미국의 로스앤젤레스 한인촌 같은 곳이라고 생각했다. 레이나는 한 가게 앞에 서 있었다. 나무로 마감된 문은 안을 볼 수 없게 되어 있고, 나무 손잡이 옆에 재즈 바라고 영어로 음각되어 있었다. 2층 규모의 가게 앞면, 하얗고 커다란 간판에 궁서체로 '그 집 앞' 세 글자가 쓰여 있었다. 건우가 의외라는 표정으로 쳐다보자 레이나가 '크지밥'이라고 말했다. 마치 문이 열리길 기다리는 신호 같았다. 건우는 레이나의 발음이 거지 밥처럼 들려 목을 다듬어 또박또박 말했다.

"그 집 앞!"

'In front of the House'라고 뜻까지 말해 준 뒤 건우는 괜히

뿌듯했다. 레이나는 고개를 끄덕였다. 건우는 가게 문을 열고 싶은 충동을 느꼈다. 박물관에나 가야 볼 수 있는 큰 기와집의 대문을 마닐라에서 만난 것도, 그곳이 재즈바와 어떻게 어울릴지 머릿속에 그리는 것도 쉽지 않았다.

가게 앞은 조용했다. 건우는 음악 시간에 배운 가곡을 흥얼거렸다. 오가며 그 집 앞을 지나노라면 그리워 나도 몰래 발이 머물고……. 겨우 한 줄 읊고 어색해 웃었다.

드르르 드르르 착착, 재봉틀 소리가 어두운 실내에 음악처럼 퍼졌다. 건우는 재즈바 대기실 겸 분장실에 앉아 레이나가 재봉틀 앞에서 서툰 손놀림으로 인형 머리에 씌울 밴드를 만드는 걸 보았다. 결국 레이나는 이모라는 여자를 재봉틀에 앉히고 아기 옷을 부탁했다. 점토 인형에게 입힐 꽃무늬 원피스에 대한 주문이 길게 이어졌다. 레이스인지 프릴인지 장식도 둘러 달라는 말을 옆에서 들으며 건우는 벽에 줄줄이 걸린 포스터를 구경했다. 아는 사람이 하나도 없었다. 쳇 베이커, 빌 에번스, 마일스 데이비스, 니나 시몬을 지나쳐 빌리 홀리데이에서 멈추었다. 홀리데이면…… 이름처럼 살다 갔을까? 몸집이 좋은 미국 여가수가 노래하는 모습이 흑백 사진에 담겨 있었다.

"건 송? 우아, 롱다리. 난 미셸."

건우는 뒤를 돌아보았다. 은색 스팽글로 장식한 검은색 드레스를 입고 짙은 화장을 한 작은 키의 여자가 너무나 자연스럽게 한국말을 하는 걸 보고 놀랐다. 한국 사람인가 싶어 고개 숙여 인사했다.

"마이 맘!"

레이나가 엄마라고 했다. 미셸은 열일곱 살 딸을 둔 엄마라고는 믿어지지 않을 정도로 젊고 스타일도 화려했다.

"요즘 은서가 기분 좋은 이유가 있었구나."

"은서? 점토 인형?"

건우가 혼잣말처럼 말했다.

"레이나 한국 이름. 최은서."

레이나 이름이 은서라고? 자기 이름을 왜 점토 인형에게? 건우는 알 듯 모를 듯 입 모양으로 작게 은서를 불렀다. 미셸은 벽을 가리키며 빌리 홀리데이를 좋아하냐고 물었다. 건우는 고개를 저으며 모른다고 했다. 잠시 침묵이 흐른 뒤에 건우는 가게 이름은 누가 지은 거냐고 물었다. 전전전 사장이 지었고, 그대로 인수받고 받고 받아서 쓰는 거라고 했다. 건우는 '전전전 사장'이나 '인수받고 받고 받고' 같은 표현을 외국인이 하는 게 놀라웠다. 건우는 아무리 영어를 배워도 모국어처럼 못 할 것 같았다. 미셸이 경쾌하게 물었다.

"그 집 앞 노래 알아요?"

"아, 조금."

건우는 금방 후회했지만 미셸이 놀란 표정으로 정중하게

불러 줄 것을 부탁해 목을 다듬고 떨리는 가슴을 가라앉혔다. 음악 시험도 아닌데 가슴이 쿵쿵 울렸다.

"오가며 그 집 앞을 지나노라면 그리워 나도 몰래 발이 머물고, 오히려 눈에 띌까 다시 걸어도 되오면 그 자리에 서졌습니다."

미셸뿐만 아니라 레이나와 이모도 박수 쳐 건우는 고개 숙여 인사했다. 기억나지 않던 뒷부분이 떠올라 노래하면서 내심 놀랐다. 미셸이 잠깐만, 하더니 휴대폰으로 음악을 들려주었다. 건우의 얼굴이 달아올랐다. 노래 부를 때보다 한층 더 열이 올랐다. 자신이 부른 노래와 전혀 다른 노래였다. 유튜브에서는 한국 가수가 부르는 가요가 흘러나왔고, 제목 또한 '그 집 앞'이었다. 미셸은 그 노래를 잘 아는지 따라 불렀다.

"그 집 앞 우우우 난 아직 떠날 수 없어, 눈물 속에 서성이네 그 집 앞."

건우는 모르는 노래지만 가만히 들었다. 미셸이 유튜브에서 건우가 부른 '그 집 앞'을 찾아 달라고 하더니 '원더풀'을 잇따라 외쳤다.

"난 항상 그 집 앞에 서 있어요. 아주 슬프지만은 않아요. 은서가 있으니까."

미셸은 건우로서는 도무지 알아들을 수 없는 말을 남기고 대기실을 나갔다. 레이나가 다가왔다. 머리 위에 밴드를 쓴 점토 인형 은서가 레이나의 품에 폭 안겨 있었다. 레이나는 건우에게 재즈 공연을 보여 주겠다며 앞장섰다. 뒤따라 걷는 건우의 걸음걸이가 쓰러질 듯 위태로웠다.

날마다 교실에 들어설 때면 새로운 아기들이 탄생했다. 몇몇 아이들은 점토 인형이 볼품없다며 유명 완구회사에서 나온 인형을 가지고 왔다. 진짜 사람처럼 몸통이 말랑말랑한 게 점토와는 느낌이 달랐다. 손목이나 팔, 다리 같은 관절 부위도 자유자재로 움직여 제법 가지고 놀 만한 아기 인형이었다. 눈도 깜박이고 콧김도 뿜어내며 입을 움직여 말도 했다. 마마, 파파, 뿌, 피피, 헝그리, 알러뷰가 전부였지만 아쉬울 건 없어 보였다. 우유처럼 뽀얀 피부, 초콜릿처럼 까무잡잡한 피부처럼 주인 취향에 맞춰 피부색도 고를 수 있다고 했다. 패트릭의 아기는 뽀얀 피부였고, 백화점 매장에서 본 부드러운 벨벳 옷을 입고 있었다. 주디는 파트너가 너무 무능하다며 동네 재활용 가게에서 사 입힌 옷에 불만을 표시했다.

백화점에서 고른 화려한 아기 옷, 우카이우카이의 풍경, 재즈바 '그 집 앞' 대기실에서 재봉틀을 돌리는 레이나의 모습을 그린 스케치가 대형 스크린에 떠올랐다. '아기 옷 제작 발표회'에서 건우가 만든 스케치를 본 에반은 디자이너 작품 같다며 넘치게 칭찬해 주었다. 레이나는 건우에게 손으로 브이 자를 만들어 보여 주었다. 건우가 희미하게 웃었다.

주말에 둘은 점토 인형을 데리고 나들이 계획을 세웠다. 건우는 민혁에게 노트북을 팔아 얼마간의 현금을 마련했다. 그리고 일주일만 더 지내게 해 달라고 부탁했다. 은서를 위한 나들이라고 했지만 마닐라 시내 구경을 안 해 본 건우를 위해 레이나는 관광 명소인 산티아고 요새, 리잘 공원, 인트라무로스 거리를 보여 준 뒤 몰 오브 아시아로 이동했다. 푸드 코트 맞은편에 있는 대형 스케이트장이 오늘의 진짜 나들이 장소였다. 건우는 신대륙을 발견한 듯 놀라며 레이나에게 물었다.

"눈 본 적 있어?"

레이나는 별걸 다 물어본다는 표정으로 대답했다.

"만져도 봤는걸."

건우가 놀란 표정을 짓자 레이나가 팔을 길게 뻗어 앞쪽을 가리켰다. 설마 제설기로 만든 걸 눈이라고 착각하는 건 아니겠지 생각하면서도 자꾸 웃음이 나왔다. 열대의 나라에서 눈이라니. 레이나가 건우를 보며 물었다.

"다리는 진짜 괜찮아?"

"응, 침 한 방에 끝!"

며칠 전 '그 집 앞'에 갔을 때 건우의 걸음걸이가 심상치 않은 걸 보고, 미셸이 동네 한의원에 데려가 주었다. 건우는 한국에서도 가 본 적 없는 한의원을 마닐라에서 처음 갔다.

한산한 스케이트장에서는 최신 팝송이 흘러나왔고, 건우는 바구니에 담긴 은서를 가운데 두고 레이나와 스케이트를 탔다. 둘은, 아니 셋은 엉성하게 스케이트장을 누볐다. 건우는 가공이긴 하지만 더운 나라의 추위 속에서 벗어나고 싶지 않았다. 11월의 한국을 이곳에서 체감하는 기분이었다. 레이나도 진짜 겨울 왕국에 와 있는 것 같다며 좋아했다.

건우는 밤마다 피시방에 갔다. 인터넷에 접속해 점토 인형에게 자장가를 불러 주었다. 레이나 귀에 익숙한 멜로디였다.

"엄마가 섬 그늘에 굴 따러 가면 아기는 혼자 남아 집을 보다가."

점토 인형이 눈을 뜨고 컴퓨터 앞에 앉아 자장가를 듣는 밤. 레이나는 점토 인형을 안고 모니터를 쳐다보면서 건우가 부르는 노래를 들었다. 밤마다 아빠가 불러 주었다는 노래였다. 레이나는 기억나지 않지만 엄마는 아빠가 그리울 때면 그 노래를 불렀다. 건우가 들려주는 자장가를 듣고 있으려니 이상한 기분이 들었다. 눈가가 뜨거워져 자리에서 일어났다. 게임방에서 보자는 건우의 말이 희미하게 들렸다. 둘은 점토 인형을 재우고 나면 게임 사이트에서도 팀을 이루어 맹활약했다. 푸르던 컴퓨터 화면이 점점 흐려졌다. 건우 얼굴에 작은 입자가 순식간에 퍼졌다. 통신이 끊길 것 같았다. 건우에게는 게임 레벨이 높은 레이나가 필요한데 레이나는 외면하듯 컴퓨터 전원을 껐다. 서랍에서 쪽지를 꺼냈다. 접고 펴기를 여러 번 해 너덜거려 들기조차 조심스러웠다. 신기한 그림을 보듯 쪽지를 오래도록 바라보았다. 내일 학교에 가면 건우에게 자장가는 이제 그만 부르라고 말해야겠다고 다짐했다.

수업을 마치고 건우와 레이나는 바구니에 든 은서와 함께 패스트푸드점 졸리비로 향했다. 아기를 데리고 간식 시간을 즐기기 위해 나온 친구들이 더러 보였다. 이제는 부모 놀이도 일주일밖에 남지 않았다. 레이나는 건우가 쟁반에 들고 온 치킨을 조그맣게 뜯어 점토 인형에게 먹이는 척하더니 자기 입에 넣었다. 건우는 그 모습을 보며 실없이 웃었다. 휴대폰을 들여다보며 빠른 속도로 스파게티를 먹는 건우를 보니 레이나의 마음 또한 급해졌다. 치킨 조각을 점토 인형에게 들이민 채 레이나는 숨을 골랐다.

"확실한 거지?"

"그럼."

건우가 호기롭게 가방을 툭툭 쳤다. 레이나의 입가에 미소가 퍼졌다. 이 모든 게 은서 덕분 같아 레이나는 점토 인형을 오래도록 보았다.

레이나가 아빠 연락처가 적힌 쪽지를 건우에게 보여 준 것은 닷새 전으로, 자장가를 그만 부르라고 말한 날이었다. 쪽지를 본 건우가 인터넷을 싹 뒤져서라도 꼭 찾겠다고 했다. 드디어 사흘 전에 아빠 주소를 찾아냈고, 건우가 한국에 가지 않겠냐고 제안했다. 레이나는 주소만 확인하고 싶었을 뿐이지만 저가 항공을 이용하면 하루 만에 싸게 한국에 갔다 올 수 있다는 건우 말에 마음이 움직였다. 레이나는 모아 놓은 돈과 가게 이모들에게 빌린 돈을 건우에게 건넸다. 건우가 비행기표를 끊어 놓겠다고 했다. 레이나는 아빠를 만나러 가는 걸 엄마에게 알려야 하나 고민하다 조금만 미루기로 했다.

건우가 주소를 말하자 트라이시클 기사가 크게 고개를 끄덕였다. 트라이시클이 도로를 벗어나며 속력을 내자 까만 연기가 건우 앞으로 몰려왔다. 손으로 코를 막아도 목에서 잔기침이 새어 나오고 눈이 따끔거렸다. 반년 넘게 이용하는 교통수단이지만 매연에는 취약해 탈 때마다 괴로웠다.

건우는 휴대폰으로 시선이 갔다. 잠시 후면 건우의 손을 떠날 전화기였다. 한국으로 돌아갈 비행기표를 사려면 이것도 팔아야 한다. 언제까지 기다릴 수는 없었다. 엄마와 아빠에게 무슨 일이 있는지 알 방법이 없으니 이곳을 떠나기로 마음먹었다. 트라이시클은 좁은 골목을 굽이굽이 돌았다. 건우는 운전기사의 마른 등을 바라보았다. 무엇이, 언제부터, 어떻게 잘못되었는지 더듬어 보려니 눈가가 흐릿해졌다.

하영과 솜사탕 같은 연애를 했고, 호기심에 서로의 몸을 만졌다. 달아오르는 열정을 주체하지 못한 채 사랑한다는 말을 수천 번 속삭였다. 친구들은 하던 연애도 접고 공부하겠다고 마음을 다지는 고2 가을이었다. 추운 겨울날 건우는 생애 처음으로 불같은 사랑을 하며 가슴이 뜨거웠다. 고3이 시작되고 얼마 되지 않아 하영이 임신한 것 같다고 했을 때 건우는 뒷걸음쳤다. 엄마에게 상황을 알린 뒤 필리핀으로 날아오기까지 보름도 걸리지 않았다. 안도의 숨을 내쉬었지만 그건 분명 도망이었다. 부모의 울타리가 믿음직하다고 가슴을 쓸어내렸는데, 건우가 필리핀에 있는 동안 부모님은 이혼했다. 서류상의 임시방편이라고 했지만 건우는 이해되지 않았다. 자기가 이혼의 원인이 된 것 같아 답답했다.

건우는 눈을 비볐다. 비벼도 비벼도 앞이 뿌옇게 흐렸다. 여러 번 눈을 깜박였다. 멈춘 트라이시클 앞에 유에스에이 어학원이 보였다. 휴대폰을 사겠다고 한 아이가 다니는 어학원이다. 아이의 닉네임은 제우스, 연락처도 없어 어학원 앞에 서 있는데 마음은 더없이 조급했다. 조금 전부터 길 건너로 마음이 자꾸 기우는 것을 가까스로 참았다. 은행 건물에 설치된 현금입출금기 때문이었다. 은행 간판의 파란 불빛은 건우에게 푸른 물결처럼 일렁였다. 한국에 있을 때는 존재조차도 몰랐던 시티은행이 이곳에서는 다정한 친구처럼 느껴졌다. 건우는 학원이 아직 끝나지 않았다 확신하고 8차선 대로를 가로질러 달렸다. 하숙비와 생활비가 들어오지 않았을까 기대하는 마음에 오토바이를 피하고 자동차를 지나치며 한국으로 돌아갈 생각만 했다. '울릉도 동남쪽 뱃길 따라 87킬로미터'에라도 가면 레이나의 아빠라는 최남단 씨가 진짜 있을까? 건우는 코웃음을 쳤다. 최남단이라니……. 한국 남자들이 필리핀 여자들 등쳐 먹는 꼴이 우스웠다. 비웃음은 곧장 자신에게 되돌아왔다. 하영에게 어떻게 사과를 하지, 그냥 모른 척 시치미 떼고 살면 안 될까. 손바닥 뒤집듯 자꾸 마음이 뒤집혔다. 건우는 조금 전 자신이 서 있던 길 건너 어학원을 보았다. 제우스라는 아이는 아직 보이지 않았다. 건우는 서둘러 현금 입출금기가 있는 부스로 들어갔다.

건우는 통장에 입금된 돈을 확인하고 환호했다. 뒤에 서 있던 사람이 가볍게 웃어 주었다. 그럼 그렇지, 부모님이 무슨 일이 있으니 늦게 보낸 거라며 건우는 마음을 다독인 뒤 입출금기에서 돈을 꺼냈다.

'다시 하숙집을 구하고, 레이나에게 돈을 돌려줄까? 한국에 갈 거라고 했는데 어쩌지?'

하영에게 사과하겠다는 5분 전의 다짐은 건우의 머릿속에서 빠르게 지워졌다. 부스 앞에 서 있는 청원 경찰을 지나 계단을 내려오는데, 건너편 어학원에서 아이들이 우르르 나와 셔틀버스에 올랐다. 한 아이가 이리저리 고개를 두리번거리는 게 보였다. 건우는 휴대폰을 들어 보이며 소리쳤다.

“제우스, 여기 폰……. 어쩌지, 안 될 것 같은데.”

건우는 한국에서 돈이 왔기 때문에 휴대폰을 팔 이유가 없었다. 이왕 여기까지 왔으니 제우스에게 솔직하게 말하고 떠나기로 했다. 건너편에 있는 제우스는 아직 건우를 보지 못했다.

건우가 길을 건너려고 마지막 계단을 내려섰을 때 오토바이가 스치듯 지나갔다. 운전하는 놈 뒤에 앉은 놈이 휴대폰과 돈을 낚아채 갔다. 순식간이었다. 건우는 중심을 잡지 못하고 그대로 나뒹굴었다. 청원 경찰이 호루라기를 불며 오토바이 꽁무니를 쫓았다. 이마에서 무언가 흘러내렸다. 건우는 흐르는 피를 손으로 막으며 어학원 쪽을 쳐다보았다. 제우스는 셔틀버스를 타고 떠난 걸까 확인하려 해도 흐르는 피에 가려 보이지 않았다.

점토 인형을 만들 때 건우는 인형 안에 메모를 남겼다. 인형을 깨지 않고는 알 수 없는 진실을 그 안에 담았다. 그건 진심일까, 변명일까, 기꺼이 감당했어야 할 숙제였을까.

건우는 마닐라 도심 길거리에 쓰러진 자신이 쓰레기 같았다. 감기는 눈에 레이나의 얼굴이 떠올랐다. 자신은 여느 한국 남자들과 다르다고 말하고 싶지만 레이나의 아빠 최남단 씨와 별다를 게 없었다. 하영에게도 레이나에게도 건우는 그저 몹쓸 놈이었다. 겨울이 시작되는 마닐라의 밤거리에서 건우는 그렇게 뒹굴었다.

참 오랜 시간 갈등하고 포기하려다 타협하며 버틴 끝에 여기까지 왔습니다. 지나고 보니 매 순간 강박적으로 질문을 던지며 살아온 듯합니다.

"지금 뭘 하는 거야? 잘하고 있는 거야? 다른 길을 가는 건 어때? 이게 최선의 삶이야? 이렇게 사는 게 무슨 의미가 있는데? 그렇게 잘하는 게 없어?"

자존감에 상처를 주는 질문이 나오면 일단 멈추게 됩니다. 심호흡을 한 번 하고 난 뒤 답합니다.

"음…… 잘하는 것 하나를 찾으라면 그나마 이거!"

대답은 흐리멍덩한 듯 단호합니다. '그나마 이거'라니 능청맞고 뻔뻔하기까지. 이제 다른 방법이 없습니다. 다시 책상에 가 앉을 수밖에요. 불과 몇 분 전에 책상을 박차고 일어났으면서 말이지요. 혼자 무수히 쏟아 내고 머리를 쥐어뜯으며 고민한 결과는 참으로 값집니다. 수천, 수만 번의 다짐!

책상 앞에는 탁상용 거울 하나가 있습니다. 표정 관리를 위해 올려놓은 것입니다. 무언가에 집중한 얼굴은 그다지 우아하지도 여유롭지도 않습니다. 긴장되어 굳어 있고, 고집스럽게 우울해 보여 자꾸 입꼬리를 올려 웃는 연습을 합니다. 답답한 마음에 크게 외쳐 봅니다.

"할 수 있다, 할 수 있지, 할 수 있고, 할 수 있으므로, 할 수 있어서, 할 수 있기 때문에 할 수 있는, 할 수 없는 이유가 없으므로 한다, 어쩔래?"

할 때는 몰랐는데 이렇게 써 놓고 보니 얼굴이 달아오르네요. '나'를 버티며 '마음'을 다독이느라 조금 늦었습니다. 여러분 앞에 서게 되어 무한한 영광입니다.

이 자리가 아니면 전할 수 없는, 청소년 친구들에게 인사를 하려 합니다. 오랫동안 제 마음을 내주고 의지했습니다. 이 친구들 덕분에 여기까지 올 수 있었습니다.

〈새차 명차 똥차〉 단아야, 잘 지내고 있지? 너의 풋풋하고 구김 없는 모습이 떠올라 입꼬리가 슬쩍 올라간다. 할머니, 고모와 살던 네가 요즘은 아빠와 어린 동생, 새엄마와 살고 있다는데 어떻게 지내는지 궁금하다. 아무래도 생활이 바뀌었으니 바쁘게 지내고 있지 않을까 추측만 할 뿐이야. 그런 너를 생각하면 내 마음도 널 뛰듯 좋다. 그러고 보니 이젠 진짜 여고생이네. 왕단아, 연락 좀 해 줘! 그리고 하나 더, 부디 시험 볼 때는 조는 일 없기를.

〈열일곱 살에 피〉 영라야, 사람은 간사한 동물이라고 그토록 간절히 원하던 생리를 시작했을 땐 친구들에게 에코를 넣어 가며 좋다고 떠들어 대더니 이젠 너무 아프다고 불평하는 너를 보니 딱 나 같아 웃음밖에 안 나오더라. 아픔을 기쁨으로 승화시키는 영라가 되길 바란다.

〈창밖은 맑음〉 민선아, 부지런히 직장 다니느라 바쁘다는 얘기 들었어. 일이 힘들어 몸무게가 10킬로그램이나 줄었다며? 축하할 일 맞지? 직접 미용실을 운영하던 네가 수습 직원으로 들어간 미용실에서는 바닥을 쓸고 손님 머리 감기는 일을 한다고 투덜거린다며? 아무렴, 조직 생활이 혼자 하는 생활과 비교할 수 없을 만큼 힘들겠지. 더 배우고 성장하기 위해 네가 선택한 길이잖아. 써니, 힘들어도 파이팅!

〈장미의 하늘〉 장미야, 할머니 치매 약 드시고 괜찮아져서 너도 간간이 약 먹는다는 말에 너무 웃어서 미안해. 그렇게 머리가 좋아지고 싶냐고 물었던 것도. 당연히 네가 목표한 게 있으니 그럴 법도 한데 말이야. 저 하늘을 보며 장미의 내일을 응원함.

〈금사빠 앙쭈쭈〉 시연아, 네 안부를 물을 때면 태호와 채린의 소식까지도 종합 선물 세트처럼 묻게 된다. 너와 친구들이 다 궁금하거든. 계속 그렇게 말 안 하고 요리조리 엉덩이 뺄 거야? 태호하고는 여전해? 진전이 있나? 야, 자꾸 묻게 할 거야?

〈점토 인형〉 건우야, 병원에서 회복하고 있다는 소식은 들었는데 지금은 어떻게 지내는지 궁금하다. 아직 휴대폰 장만하지 못했으면 이메일로 연락해 줘.

제 곁에서 항상 함께해 주신 분들께 감사의 인사 드립니다. 최시하 교수님, 정란희, 김하늘, 안오일 선생님 덕분에 여기까지 올 수 있었습니다. 좋은 글로 보답하겠습니다. 글 공부 함께 한 동기들과도 오래오래 이어 갔으면 좋겠습니다. 글 밖에서 오래도록 응원하고 기다려 준 부모님과 형제, 친구들 고맙습니다.

이 책을 엮어 준 다른출판사에 감사드립니다. 부드러운 목소리로 분명한 길을 제시해 준 편집부에 고개 숙여 마음 전합니다.

오랫동안 묵묵히 밀어준 남편 승호 씨, 사랑합니다. 당신이 있어 행복하게 이 일을 오래 할 수 있을 것 같아요. 준엽, 주원아! 너희의 방황은 어떻게 보아도 값지고 아름답단다.

팬데믹 상황에서도 슬기롭게 생활하는 청소년들을 응원합니다. 학교 안에서나 밖에서 꿈을 향해 내달리는 여러분의 이야기에 내 귀는 쫑긋!

도넛문고
02

창밖은 맑음

초판 1쇄 2022년 6월 1일

지은이 이서유

펴낸이 김한청
기획편집 원경은 김지연 차언조 양희우 유자영 김병수
마케팅 최지애 현승원
디자인 이성아 박다애
운영 최원준 설채린

펴낸곳 도서출판 다른
출판등록 2004년 9월 2일 제2013-000194호
주소 서울시 마포구 양화로 64 서교제일빌딩 902호
전화 02-3143-6478 팩스 02-3143-6479 이메일 khc15968@hanmail.net
블로그 blog.naver.com/darun_pub 인스타그램 @darunpublishers

ISBN 979-11-5633-454-5 44810
979-11-5633-449-1 (SET)

* 이 작품은 한국문화예술위원회의 지원을 받아 예버덩문학의집에서 창작하였습니다.